清須会議

三谷幸喜

幻冬舎文庫

清須会議

三谷幸喜

清須会議

目次

人物

柴田勝家（権六・親父殿）……織田家宿老
羽柴秀吉（藤吉郎・筑前）……織田家宿老
丹羽長秀（五郎左）…………織田家宿老
滝川一益（左近将監）………織田家宿老
明智光秀（日向守）…………織田家宿老

池田恒興（勝三郎）…………信長の乳兄弟
前田利家（犬千代）…………勝家の与力
黒田官兵衛……………………秀吉の参謀
前田玄以………………………織田家家臣
堀秀政（久太郎）……………織田家家臣
寧………………………………秀吉の妻

織田信長（お館様）
織田信忠……信長の長男
織田信雄（三介）……信長の次男
織田信孝（三七）……信長の三男
織田信包（三十郎）……信長の弟
お市……信長の妹
松姫……信忠の妻
三法師……信忠の息子

プロローグ

一　天正十年六月二日　朝

燃えさかる本能寺本堂における、
織田信長断末魔のモノローグ（現代語訳）

熱いな。だいぶ熱くなってきた。

それにしても、まさかこんな形で死を迎えるとは。だって昨日の夜まではごく普通の一日だったんだ。茶会をやって、その後、息子と飲んで。結構酔った。いつの間にか眠ってしまって、息子が帰ったのも気がつかなかったくらいだ。で、朝方、表が煩《うるさ》いんで目が覚めたら、この騒動。人生なんて、本当、分からないものだ。

俺の周囲を囲んでいる紅蓮《ぐれん》の炎は、やがて俺の身体《からだ》を焼き尽くすであろう。

せっかくなんで、ちょっとかっこ良く言ってみたよ。

そりゃ、もうちょっと長生きしたかったさ。俺がさんざん「人間五十年」と謡《うた》ってきたもんだから、世の中には、「信長《のぶなが》様は五十歳を手前に亡くなられて、ある意味、本望だったのかもしれない」なんて言う奴が出てくるかもしれない。とんでもない話だよ。俺のプランでは、まあ、漠然としか考えてなかったけど、最低、七十くらいまでは生きるつもりだった。六十あたりで天下を統一してさ、後の十年は、安土城《あづちじよう》で悠々自適の生活。外国にも行ってみたかった。ポルトガルの町並み、この目で見たかったよ。

これは言っておいた方がいいだろう。光秀《みつひで》については、俺はそれほど腹は立ってない。まったく立ってないわけじゃないがね。そりゃそうだろ。あいつのせいで、俺、死んじゃうんだから。

光秀がなぜ兵を挙げたか。確かに俺にしてみれば、青天の霹靂《へきれき》ではあったよ。ただね、まあ、今からすれば、納得出来ないこともない。どうせ、後世の歴史家たちは、光秀の謀反《むほん》の動機をいろいろ詮索《せんさく》するんだろう。もちろん俺にだって本当のことは分からないよ、でもこれだけは言えるんじゃないかな。あいつは俺に代わって天下を取ろうなんて、そんな、だいそれたことを考える奴じゃないってことだ。光秀はね、仕事を忠実にこなすことに生き甲斐《がい》を感じるタイプだ。結果的には出世を重ねたわけだけど、あいつにはそれほどの上昇志向はなかったと思う。いわゆる野心家ではなかったということだよ。それが藤吉郎《とうきちろう》との違いだね。

あ、秀吉《ひでよし》のことだよ。最近は筑前《ちくぜん》って呼んでたけど。あいつは上昇志向の強い奴だからさ。

光秀が謀反を起こした理由。俺にはなんとなく分かるんだ。なんとなくだよ。俺、光秀を追いつめ過ぎたのかもしれない。弁解に聞こえたらあれだけど、まあ、俺もこういう性格だから、カッとなったら、自分を抑えられなくなるだろ。そんな時、光秀の面《つら》が目に入ったら、ついつい、いじめたくなるんだよ。あいつ、そういう顔をしてるんだ。光秀って男、学もあるし、剣の腕も立つ。戦をやらせたってそこそこ上手だ。なのに、育ちのせいか、妙なコンプレックスを持っていて、どこか卑屈なんだよ。はっきり聞いたことはないが、あいつ、若い時分、ずいぶん苦労したみたいだからな。それが表情に出るんだな。そしてあの目。あの切れ長の一重まぶたでじっとこっちを見られると、なんだか無性に腹が立ってくる。なんであんなに腹立たしい目をしているのか、一度、じっくり観察したことがあるんだよ。それで分かったんだ。あいつ、白目の割合が人よりちょっと多いんだよ。黒目が上の方にあるから、上目遣いの時なんか、やけに人を小馬鹿にしたような表情になるんだ。卑屈なくせに、目つきだけ嫌らしいって、最悪だろ。いかん、思い出しただけで腹が立ってきた。いつだったか、皆が見ている前で、奴を蹴《け》り倒したこともあった。欄干に奴の頭を押さえつけてグリグリしたことも。そりゃ光秀だって、むかついたと思うよ。理不尽な仕打ちだって、俺を恨みに思っても仕方がない。今回の謀反は、そんなところに理由があるんじゃないかな。俺はそう踏んでいる。すべては奴の顔のせいだ。この一件がさ、――ちなみにこれって「本能寺《ほんのうじ》の乱」って呼ばれるのかな。それほど規模はでかくないしな。「本能寺の変」。いいんじゃないか。この「本能寺の変」が世間に広まれば、誰かが光秀の背後で糸を引いてるんじゃないかとか、いろんな憶測が流れると思う。でも本当は、光秀の顔なんだよ。あれがすべての始まり。そんなもんだよ、世の中なんて。まあ、それもこれも俺の推測だから、本当のところは光秀に聞いてみないことには分からないけどね。

なんだか息苦しくなってきたぞ。この煙はなんとかならんもんか。なるほど。焼け死ぬとはこういうことなのだな。燃えて死ぬのではなく、煙を吸って息が出来なくなり、挙げ句に絶命するのか。比叡山《ひえいざん》の坊主たちも、こうやって死んでいったのか。

俺が死んだ後、この国はどうなっていくんだろう。本当のことを言えば、そんなに心配はしていないけどね。信忠《のぶただ》（註・嫡男）がいる限り、織田家は安泰だ。あいつは出来た子だから、俺の遺志を継いで、きっと天下を平定してくれるはずだ。だから、逆に言うとね、問題なのは、信忠も死んだ時だ。用意周到な光秀のことだ。ここを攻めると同時に、恐らくは信忠のところにも兵を差し向けたに違いない。うまく逃げ延びてくれればいいけど、あいつは諦めが早いところがあるからな。苦労知らずだから、粘ることを知らないんだ。敵兵を見て、もはやこれまでと、もし腹でも切ったりしたら。考えただけでも、ぞっとするよ。

その時は、かなりやっかいなことになる。信雄《のぶかつ》（註・次男）ははっきり言って馬鹿だし。信孝《のぶたか》（註・三男）はまだましだが、器が小さい。一体どちらが跡目を継ぐことになるのか。いずれにしても、織田家の先行きは暗いと言わねばならんだろう。遅かれ早かれ、家臣の誰かに裏切られて滅亡するんだろうな。例えば誰だ？　勝家《かついえ》か？　いや、あいつは義理堅い男だから、まずないとして、秀吉あたりが怪しいな。うん、あいつはあり得る。野心家だからな。今までは俺の言いなりだったが、この先はどう出るか分からんぞ。まあ、それも一興。いずれにせよ、明智《あけち》光秀を滅ぼした者が、次の時代を担うことになるのは間違いない。誰になるのか、それはそれで見物だ。


どんどん熱くなってきた。もう煙で一寸先も見えないよ。いや待て、これは俺の目がかすんできているのか。もうどっちでもいいや。そろそろ腹でも切るか。気を失う前に、武士らしく死ぬことにしようか。

それでは皆さん、さようなら。なかなか楽しい人生だったと言えるのではないでしょうか。光秀、地獄で待ってるぜ。

今、ちょっと腹の皮を切ってみた。あ、意外と痛い。お腹《なか》切るって結構、きついんだね。もうちょっといってみるか。あ、痛《い》ててててて。痛ててて、痛てててて。やっぱり死ぬのって大変だわ。

二　同年同月十七日　昼頃

京都本能寺焼け跡に佇む、
猛将柴田勝家、男泣きのモノローグ（現代語訳）

ここがあの本能寺か。今はただの瓦礫《がれき》。無残だ。あまりにも無残。

お館様《やかたさま》（註・信長）が亡くなられて今日で何日になるだろう。儂《わし》は未だに信じられずにいる。お館様はもうこの世にはおられない。頭では分かっていても、どうにも身体が納得しない。瞼《まぶた》の裏には、お館様のお姿がはっきりと焼き付いている。鼻の奥には、お館様がいつも付けておられた菖蒲《しょうぶ》の香りが、今も残っている。耳を澄ませば「権六《ごんろく》、ついてこい」と儂を呼ぶ、あの甲高いお声が、遠くで聞こえるようだ。

本能寺が明智勢に襲撃された日、儂は越中で松倉城に籠《こも》る上杉勢と向かい合っていた。陣に第一報が届いたのは、確か六月の四日。既にお館様が亡くなって二日が過ぎていた。もちろんすぐには信じなかった。敵方の謀略の恐れもあったからだ。しかし方々から入ってくる情報を合わせると、明智謀反はどうやら疑いようがなかった。お館様は討ち死に。ご遺体は、寺と共に焼け落ちたという。儂は家来たちの前で、はばかることなく、泣いた。

考えてみれば儂の後半生は、お館様のためにあった。

今から二十六年前。お館様が、今では有名な話だが、「尾張《おわり》のうつけ」と呼ばれていた頃。お館様にしてみれば、あえて奇行を繰り返すことで、隣国の戦国大名たちを油断させようという腹だったようだが、なにも儂ら家臣の前でも「うつけ」を演じる必要があったのか。敵を欺くにはまず味方からとは言うが、それにしてもだ。お蔭《かげ》で儂らもすっかり騙《だま》され、我らの殿はどうしようもない大馬鹿だと信じ込んでしまった。

織田家の先々を案じる家臣の間で、お館様を退け弟君の信勝《のぶかつ》様を主君にしようという動きが起こった。それもこれもお館様のうつけ芝居が達者過ぎたからだ。儂も信勝様に付いた。織田家は二つに割れた。数ヶ月後、お館様は信勝様を自害に追い込み、お家騒動は呆気《あっけ》なく決着した。お館様はうつけの仮面をお脱ぎになられたのだ。弟君を擁立しようとした者たちは、次々と処分された。もちろん、儂も覚悟を決めたわけだが、なぜか儂だけは許された。

それどころか、お館様は、それ以降も事ある毎に、儂に目をかけて下さった。過去にこだわらず、能力で人を見る。お館様はそういうお方であった。だからこそ、藤吉郎のような成り上がり者でも、あのように出世が出来たのだ。

それ以来、儂は死にものぐるいでお館様に尽くした。この二十六年は、お館様に対する恩返しの時間であったと言ってもいい。

本能寺の報《しら》せを聞いた夜は、越中の陣で、朝まで泣いた。お館様から頂いた陣羽織を前に、夜通し酒を飲んだ。そのうち、混乱していた頭の中が少しずつ、まとまっていった。そして儂は、儂がなすべきことを見出したのだ。

逆賊光秀を討つ。

不幸中の幸いと言うべきか、あの段階ではまだ敵方に情報は漏れていなかった。儂は早急に陣を引き払った。敵の追撃はあったものの、北ノ庄へ戻ったのが六月の十日。休む間もなく兵を率いて明智討伐に向かった。十三日に京へ到着。しかしあろうことか、既に藤吉郎の軍が明智を破った後だった。逆賊光秀は逃げ延びる最中に、小栗栖《おぐるす》で土民に殺されていた。

藤吉郎と共に、光秀の首実検を行なったのは、それから二日後。つい一昨日のことだ。儂はやけに臭い光秀の首級《しるし》を、手にした鞭《むち》で打った。皮がはげ落ちるまで打ち続けた。そういえば、あの時も俺は泣いていた。

そして今、儂はこうして本能寺跡に来ている。お館様の亡くなられた場所に立ち、お館様を偲《しの》んでいるというわけだ。

この数日でどれだけ泣いたことだろう。鬼の権六と呼ばれた男が、どうにも情けない話だ。しかしお館様の無念を思うと、胸が締め付けられる。天下取りまであと一歩だったというのに。ようやくここまで漕ぎ着けたというのに。お館様が、どんな思いで最期を迎えられたか。それを思う度に、涙が溢《あふ》れてくるのだ。

お館様に最後に会ったのはいつのことか。あれは確か、去年の、あの盛大な京の馬揃《うまぞろ》えの日か。あの時のお館様の、凜々《りり》しいお姿は今もはっきりと目に焼き付いている。誰よりも派手好きだったお館様。あの日も摩訶《まか》不思議な鎧《よろい》を身にまとい、見たことのない南蛮の兜《かぶと》を被《かぶ》っておられた。儂らと南蛮人は頭の形が違うのだ。どう考えても被りづらいに決まっているのに、必死にバランスを取りながら澄まし顔で正面を見据えるお館様。その得意気な表情は、幼い頃、尾張の山中で野うさぎを素手で捕まえ、嬉しそうに城へ帰ってこられた時とまるで変わってはおられなかった。

かえすがえすも残念なのは、明智光秀を成敗出来なかったことだ。本来ならば、儂が倒さねばならない相手であった。しかもよりによって、藤吉郎に先を越されてしまうとは。確かにあの時、儂は上杉勢と対峙《たいじ》しており、すぐには動けなかった。しかしそれは言い訳に過ぎない。それを言うなら、藤吉郎も毛利を相手に身動きが取れなかったのだ。しかし奴は敵を欺き、お館様の死を隠して和睦《わぼく》。信じらないほどの速さで京へ戻り、光秀の軍勢を破った。あいつには、そういう素早さがある。そこは認めてやろう。しかし儂はあの小男が好きではない。顔を見ただけで虫酸《むしず》が走る。昔はそうではなかった。結構可愛いところもあった。元を正せば、あいつはお館様の草履持ち。お館様に媚《こ》びへつらい、とうとう城持ちにまでなってしまった。しかも今や、光秀を討ったことで、ますます調子に乗っているらしいではないか。

お館様をここまで支えてきたのは、我ら五人の宿老である。儂と五郎左《ごろうざ》（註・丹羽長秀《にわながひで》）、光秀、関東で戦っている左近《さこん》（註・滝川一益《たきがわかずます》）、そして藤吉郎。光秀が消え、今は四人になったが、これからも織田家を引っ張っていくのは、儂たちだと思っている。そしてその筆頭が、この柴田権六勝家なのだ。藤吉郎は末席に過ぎない。どんなに奴が天狗《てんぐ》になったとしても、あの男に織田家を任せるわけにはいかんのだ。確かにお館様は年功序列にこだわらず、人材を採用した。しかしそれにも限度がある。常識の範囲というものがある。藤吉郎如《ごと》きが、儂らの上に立つなど、天地がひっくり返ってもあってはならない。儂はお館様の父上の時代から仕えているのだから。

織田家はこれからが正念場だ。お館様の跡継ぎとして、申し分のない若武者に成長された嫡男信忠様は、残念なことに、二条城で明智勢に囲まれ憤死されてしまった。残るは三介《さんすけ》信雄様と三七《さんしち》信孝様だが、どう考えても織田家の棟梁に相応《ふさわ》しいのは信孝様である。儂が烏帽《えぼ》子《し》親《おや》を務めたから言っているのではない。信孝様は知恵者であられ、度胸もある。文武両面において、信雄様よりも上であるのは、家中の誰もが認めるところ。いささか短気なご性格だが、そんなものは、歳を重ねていけば、次第に直っていくものである。

お館様、ご安心下さい。織田家の将来は、この権六にお任せを。三七信孝様を守《も》り立てて、必ずやお館様の悲願であられた天下統一を成し遂げて見せます。それが柴田権六勝家の恩返しでございます。

おや、五郎左がこっちを見ている。一緒に偲びたいというから誘ってやったのに、ずいぶんと冷ややかな顔つきだな。あいつも長年お館様の世話になってきたというのにだ。まあいいか、決して取り乱さないのが、あいつの取り柄だ。五郎左も五郎左なりに、感じるところはあるのだろう。儂もさすがにもう涙は引いている。しかしここは、もう少し形だけでも泣いておくことにしよう。どれだけ儂がお館様の死を悲しんでいるか、五郎左に見せつけておきたいのだ。織田家家中で、もっともお館様に惚《ほ》れ込んでいたのは、この権六であったと、五郎左に世間に広めてもらいたいのだ。それゆえに、儂はもう少し泣いておく。

三　同年同月同日　同時刻

同じく京都本能寺焼け跡において、主君信長を偲ぶ丹羽長秀のモノローグ（現代語訳）

権六が泣いている。もういい歳であるのに、よく人前で臆面《おくめん》もなく泣けるものだ。もちろん私も悲しいのは同じだ。お館様には三十年以上お仕えしたことになる。だがさすがに涙は出ない。今、自分が置かれている立場を考えれば、死を悼んでいる場合ではないからだ。それに、いささか不謹慎な考え方かもしれないが、家臣の謀反による死は、織田信長という人物にもっとも相応しい御最期だったような気がする。あのお方に床の上での死は似合わない。また、戦場において敵方に首を獲られるというのも、まるであの方らしくない。最後は本能寺の弾薬庫に火が回り、屋敷と共にご遺体も木っ端みじんに吹っ飛んだという。これ以上ない派手な幕の引き方ではないか。それは、まさにこの国の古いしきたりを次々と破壊し、魔王とまで呼ばれたあのお方にぴったりの御最期だと、私には思えるのである。そうといえば、最初に報せを聞いた時、私の口から思わず漏れた言葉は「お見事」であった。

権六はまだ泣いている。地面に膝をつき、手にした炭を顔になすりつけている。権六の武骨な顔が、涙と煤《すす》でえらいことになっているな。

大の大人が、しかも権六のような偉丈夫が泣きじゃくる姿は、下手《へた》なパフォーマンスに見えないこともない。遠巻きに眺めている京の町の人々の中には、そう捉《とら》える人もいるだろう。それほど、権六の姿は異様である。しかし私は、彼を昔から知っている。根が素直なのだ。恐らくあの涙は嘘ではない。元来、裏表のない男なのである。それが権六の良さでもあり、欠点でもある。

権六のように単純な、言わば権謀術数《けんぼうじゅつすう》という言葉からもっとも遠い男が、長年、織田家筆頭家老としてやってこられたのは、ひとえに彼の武功による。「鬼の権六」の異名を持つこの男の、戦場における獅子《しし》奮迅《ふんじん》の活躍ぶりは、まさに鬼神そのものであった。齢《よわい》六十を過ぎても、今もって彼は、戦となれば自ら最前線に赴き、敵と刃を交わす。それは一軍を率いる総大将にあるまじき行為ではあるが、権六にはそれが許される何かがあった。柴田勝家にとっては戦がすべてだ。それは周囲の人間にとって、そして敵対する人々にとってさえも、共通の認識であった。柴田権六勝家は、ただひたすら戦うことによってのみ、織田家の中心的存在であり続ける。ある意味、もっとも戦国武将らしい武将と言えるだろう。

とは言うものの、もしこの場に私がいなかったら、彼はこれほどまでに顔相を崩して泣きじゃくっただろうか。権六は素直ではあるが、単純ではない。慟哭《どうこく》することで、自分がいかにお館様を慕っていたか、その死に衝撃を受けているかを、私にアピールしているのであろう。それは計算と呼べるほど知的なものではなく、むしろ権六の本能かもしれない。半ば無意識である以上、パフォーマンスと言ってしまっては、彼が気の毒だ。そしてその心の内のすべてを、私に見抜かれているところが、権六という人間の愚かさでもあり、可愛らしさでもある。

お館様が亡くなられた時、私は三七信孝様と共に、四国征伐の準備で堺にいた。つまり本能寺の変が起きた時、織田の軍勢でもっとも京の近くにいたのは私たちだったのだ。本来なら、真っ先に光秀勢に攻めかかるべきであった。だが、父と兄の弔い合戦だと息巻く信孝様に対して、私はしばし様子を見ることを勧めた。確かに慎重過ぎるきらいはあったが、あの段階では、明智勢がどれだけの数に膨らむか予想が出来なかったのである。しかもこちらの手勢は三千足らず。無闇に攻め込んで返り討ちにあっては元も子もないではないか。ここは状況を正確に把握するのが大事と、私は信孝様を説き伏せた。実際には、光秀は期待していた細川藤孝《ふじたか》や筒井順慶《じゅんけい》の軍勢を味方に付けることが出来ず、戦えば我らでも勝てたかもしれない。それはあくまで結果論だ。私の判断は間違っていなかったはずである。

　そうこうするうちに、筑前（註・羽柴秀吉）の大軍が中国から戻って来て、我々はそれに合流した。この時の筑前の軍勢が約三万。従って、戦の総大将は必然的に筑前ということになり、私と信孝様は友軍扱いとなった。確かにあの時、全軍大坂に戻って陣を立て直し、再度光秀のいる安土へ攻め入っていれば、その後の展開も変わっていただろう。総大将は当然、信長様のご子息信孝様となり、イニシアチブを筑前に取られることはなかった。

　だが戦には時の勢いというものがある。中国から奇跡的に短期間で戻って来た秀吉軍には、あの時、確実にあった。尼崎の陣で筑前本人に会った時も感じた。時流に乗った男の力強さのようなものを、私は筑前に見て取ったのだ。とりあえずこの男の言うことを聞いておけば、間違いはない、そう確信させる不思議な安心感を、あの時の筑前は持っていた。そして五日後、我ら連合軍は、山崎で光秀を破ることになる。

　羽柴筑前守秀吉という男を、私は権六ほど嫌ってはいない。確かに筑前は品性下劣な男である。愛嬌《あいきょう》たっぷりの素振りや、当意即妙の話術は、彼を深く知らなければ、それはそれで楽しい。しかし顔中が皺《しわ》の中に消えてしまうようなあの笑顔の裏には、凍り付くような冷たい計算がある。貧しい生活から這《は》い上がってきた彼は、己の出世のためには手段を選ばない。平気で嘘をつき、人を陥れる。知性を感じさせない高笑い、女子を見る時の、なめ回すような視線。私は常日頃から、食事の仕方を見れば、その人の本性が見えると思っているが、彼の場合は独特だ。まず食べるのが速い。元来せっかちなのだろう。あまり嚙《か》まずに飲み込んでいるようだ。次に煩い。くちゃくちゃと音を立てて嚙み、そしてずるずると汁をすする。そしてやたらこぼす。筑前が食事を終えて席を立つと、彼がいた場所には、飯粒が散乱している。百姓出身なのだから、普通は米一粒一粒を大事にするように思うのだが、彼の場合は、むしろ、その出自に対する意趣返しのごとく、こぼしまくる。

そんな筑前だが、それでも私は彼のことを認めざるを得ない。彼は人心掌握において天才である。人の懐に飛び込み、どんな相手でも懐柔してしまう。人は彼を愛し、彼のために働きたいと思う。それゆえ彼の周りには才能ある者たちが集まってくる。元来の明るさも彼の武器である。苦境にあっても決して悲観せず、天性のひらめきで、それをチャンスに変えてしまう。先を見る目もある。機を逃さず、抜群の行動力で、運を摑《つか》む。本能寺の変から山崎の合戦までの筑前の動きを見れば一目瞭然《いちもくりょうぜん》だろう。織田家の宿老たちの誰もが、彼と同じ条件の中にいた。しかし、それを成し遂げたのは、彼だけであった。

羽柴秀吉という男の人生すごろくを、振り出しから眺めてきた私に言わせれば、その類を見ない立身出世は、まさに必然である。むしろ遅かったとさえ感じるほどだ。ただし、同時に忸怩《じくじ》たる思いが残るのも事実。彼のバイタリティの原動力はすべて欲がらみだ。彼は派手好きであり、城持ちになってからは、誰よりも高価な着物を着るようになった。出世欲と金銭欲、それに性欲も足していいだろう。彼の女好きは有名だ。筑前の人生は常にその三欲に支配されている。そして、その欲を満たすためだけに、彼は働く。お館様の前で見せていた忠誠心も、彼の場合は欲を満たすための道具でしかない。そこには権六のような、自分を引き立ててくれたことに対する恩返しといった殊勝な気持ちは皆無である。お館様は恐らくそれに気づかれていた。気づかれていた上で、彼を重宝した。お館様はそういうお方だった。

　今、筑前守秀吉は絶頂にいる。光秀を倒して以来、彼のところへは、武将たちが引っきりなしに訪れている。誰もが筑前に気に入られようと必死だ。お館様の死によって、織田家は大きな転換期を迎えている。信忠様も亡くなったからには、大方の予想通り、信孝様が後継者となられるであろう。問題は、誰が宿老のトップの位置につくかだ。順当に考えれば、これまで通り柴田権六勝家が筆頭家老となるわけだが、この際、光秀を討った筑前の活躍も考慮しなければならない。弔い合戦に参加出来なかった権六は確かに分《ぶ》が悪い。

　これ以上筑前守秀吉が力をつけると、近い将来、権六とぶつかるのは目に見えている。それだけは避けなければならない。お館様が亡くなり、これまで織田信長という存在に押さえつけられてきた諸国の大名たちが、恐らく近い将来、一斉に立ち上がるだろう。我らとしては一刻も早く後継者を立て、織田家は少しも揺るぎないことを、日本中に知らしめなければならない。身内で揉《も》めている場合ではないのだ。

私は織田家の将来を託す人物として、権六を選んだ。

そこにはもちろん長年に及ぶ、彼との友情がある。私はあの直情型の、単純明快な男が好きなのだ。私は彼と違って、常に理性的であり、感情で動くことがまずない。

理屈っぽい私と、感情で動く権六は、性格が正反対であったが、いや、正反対であったがゆえに、心を通い合わせた。私たちはいわゆる合わせ鏡であった。いつしか、権六の隣に五郎左ありと言われるようになり、彼に足りない知恵の部分を、自分がサポートすることが、己の使命と感じるようになった。

お館様は、自分が気に入った人材は、出自にこだわらず、身の回りに置かれた。そしてお館様の下では、実績さえ積めば、誰でも出世が出来た。日向守《ひゅうがのかみ》（註・明智光秀）も筑前も、そうやってのし上がってきた者たちだ。一方で、これ以上役に立たないと見限ると、お館様はどんな古株の家来でも、容赦なく切り捨てた。気がついてみると、私と権六、そして今、関東で北条氏と戦っている左近の三人は、織田家の中で最古参となっていた。中でも私と権六はお館様の両腕として、特にこの数年は、休む間もなく数々の戦に参戦。織田家の発展に尽力してきた。ちなみに筑前守秀吉が使っている「羽柴」の姓は、彼が我々二人に敬意を表して、権六の「柴田」と私の「丹羽」から一字ずつ貰《もら》い受けたものである。筑前らしい、姑《こ》息《そく》なアイデアである。

織田家はこれからが正念場だ。私は権六を支えながら、この織田家の未曾有《みぞう》の危機を乗り越えるつもりでいる。早急に、各地に散らばっている家臣たちを呼び集める。そして三七信孝様を正式に後継者と定め、日向守が治めていた領地を再配分。その一連の流れのイニシアチブを権六が取る。筆頭家老としての存在をアピールするのだ。まずは会議だ。場所は清須《きよす》がいいだろう。織田家のホームグラウンド。あそこならば、家臣たちも集まりやすい。権六は、お館様が亡くなられたショックで、今はそれどころではなさそうだが、ここは早く立ち直ってもらわねばなるまい。

それにはもちろん、筑前の台頭を食い止めるという理由もある。織田家臣団は一枚岩でなければならない。これ以上、筑前が力をつけると、権六との正面衝突は避けられなくなる。そうなれば織田家のピンチである。その機に乗じて、上杉や毛利や長宗我部《ちょうそかべ》が一斉に領地に攻め込んでくるのは間違いない。

だが、私が筑前に主導権を握られたくない理由は、それだけではなかった。

私には大きな負い目があった。もっとも京に近いところにいながら、そして明智と十分戦える兵を持っていながら、結果的に何も出来なかったこと。私なりの言い分があったとしても、それは世間から見ればやはり、大いなる判断ミスなのだ。山崎の弔い合戦にはかろうじて参加したが、そこでも私は、筑前の活躍の陰に隠れた。そのため、山崎の戦いは、羽柴軍対明智軍というイメージで固まってしまった。本能寺以来、筑前の株が上がるのと同じ勢いで、私の株は下がり続けている。もし近い将来、筑前が権六を抑えて、織田家の筆頭家老になったとする。今の私は筑前に頭が上がらない。ということは、筑前が力をつければつけるだけ、私の立場は弱くなるのだ。つまり権六がトップにいる限り、私はナンバー2でいられるが、筑前がトップに来れば、必然的にナンバー3に降格する。それならまだいいが、力をつけた筑前が自分の息のかかった人間を宿老に引き上げでもしたら、私はナンバー4やナンバー5に、いや、ひょっとしたら宿老からはずされる可能性もあるのだ。丹羽家の存続にも関わる大問題である。

それゆえ、私は柴田権六側に付くことに決めたのである。

事は急を要す。信長死すの報せは、既に全国に広まっている。今月のうちに織田家の新体制を決めて、再スタートしたいところだ。早速、権六に言って、関係者各位に宛てて手紙を書かせることにしよう。今日のうちに出せば、関東に陣を張る左近も戻って来られるだろう。権六は、そういった面倒なことを嫌がるきらいがあるが、権六本人がそれをすることが大事なのだ。もちろん、一旦長浜へ帰った筑前にも送る。これからは柴田権六が中心になって進めるという意思表示であり、それは羽柴筑前守秀吉に対する宣戦布告でもあるのだ。織田家の行く末は、清須会議で決まる。

四　同年同月二十二日　昼過ぎ

長浜城奥座敷における、
羽柴秀吉のモノローグ（現代語訳）

今朝、親父殿（註・柴田権六勝家）から手紙が届いた。いずれ来るとは思っていたが、予想外に早かったんで、ちょっと驚いている。

手紙の内容は、オレの予想した通りだった。織田家の後継者と領地の再配分を決める宿老会議を開くというもの。律儀に場所も日程も決めてある。清須城にて六月二十五日。なかなか手際がいいじゃないか。本来ならば、諸侯を集めての会議は、明智を滅ぼしたオレが中心になって進めるべき仕事ではあるが、まあ、オレがやってもよかったんだけど、諸先輩がおられる中、オレ一人があまり出しゃばってもあれなので、ここは筆頭家老の親父殿に花を持たせたわけだ。

それにしても、弔い合戦には間に合わず、すべてが終わった後にのこのこと京へ到着しておきながら、ちゃっかりその後の主導権を握ろうとするあたり、親父殿も面の皮が厚いというか、なんというか。恐らく、丹羽様が背後で知恵を授けておられるのだろうがね。あの二人はまさに名コンビだわ。

お館様の死は、オレにしてみれば、千載一遇の好機だった。まさに天が与えてくれたチャンス。ラッキーとしか言いようがない。

立身出世を夢見て、三十年近くオレはお館様に仕えてきた。三十七歳で城持ちとなり、筑前守を名乗った。織田家宿老の一人となって、中国攻めの司令官に任命された。草履持ちからすると、考えられないほどの大出世だ。

しかし、その後は？　これからのオレはどうなる？

恐らくお館様はそう遠くない将来、天下を平定なさるだろう。そしてオレはたぶん中国か九州を与えられ、そこの城主となる。それで上がりだ。おしまい。もちろん人生としては悪くない。悪くないどころか、上出来である。でも、自分のこれからの人生がなんとなく読めた瞬間、なんだか無性に虚《むな》しくなったんだ。明日どうなるか分からない戦国の世に生まれ育ったせいで、先が読める人生に、なんちゅうか、面白みを感じなくなった自分を見つけたわけだ。このままいけば、言い方は悪いが、オレはお館様の駒《こま》の一つで終わる。それでいいのか、藤吉郎。お前には無限の可能性があったはずじゃないのか。でもね、だからと言って、お館様を滅ぼして、天下を頂こうなんて、そんなだいそれたことを考えるオレじゃない。確かに、これまでさんざん人を騙して生きてきたよ。しかし、オレにだって守るべき義はある。お館様に、恩は感じている。寝首を掻《か》くような真似はしたくない。というより、今、お館様を討っても、そう易々と天下はこっちへ転がり込んではこない。謀反人のレッテルはかなりのマイナスイメージだし、織田の家臣でオレに付いてくる奴は誰もいないだろう。そんなことしたところで、結局は、親父殿か明智光秀あたりに攻められ、討ち取られるのがオチだ。そんなのはごめんだ。百パーセント負ける戦はしない主義なんだ、オレは。

そう思っていた矢先だ。その明智がなんとお館様を討ってしまった。まさに天に感謝したよ。まるで道に迷って袋小路に入った時、突然目の前の壁が崩れて、その先に新しい道が出来た気分だ。これはチャンスだ。このチャンスを自分のものに出来れば、必ず運は開ける。それこそ天下を手に入れることだって夢ではなくなったんだ。

親父殿や丹羽様といった、織田家のお偉いさんが動き出す前に、すべてを終わらせる必要があった。オレは強引に毛利と和睦し、怒濤《どとう》の進軍で京へ引き返して、明智と一戦交えた。全然、負ける気はしなかったよ。歴史の大きなうねりが、背中を押してくれているような感覚。もしかしたら、お館様が、桶狭間《おけはざま》で今川《いまがわ》を破った時も、同じような感覚だったんじゃないだろうか。違いますかね、お館様。

明智はあっと言う間に滅んだ。しかし、それで天下がオレの手に転がり込んでくるほど、世の中は甘くない。大事なのはこれからだ。

織田家は今が正念場だ。親父殿も丹羽様も、恐らくは他の家臣たちも、考えていることは同じだろう。お館様亡き後の織田家を、いかに守り立てていくか。恐らく親父殿あたりは、筆頭家老の座をオレに奪われるんじゃないかって、戦々恐々としているはずだ。しかし、この秀吉をなめてもらっては困りますって話だ。オレが狙《ねら》っているのはそんなもんじゃない。織田家筆頭家老なんて小さい小さい。これから始まるのは、織田家の中の勢力争いなんかではない。天下を賭けての大勝負だ。お館様がいなくなった織田家なんて、オレには何の興味もない。オレが欲しいのは天下だ。この羽柴秀吉が、織田家に代わって、天下に名乗りを上げる。清須会議は、その第一歩だ。

事は慎重を要する。目論見が少しでも外に漏れれば、オレは逆賊光秀と同じ立場になってしまう。一度離れた人の心はなかなか取り戻せない。オレの本心を知っているのは、軍師の官兵衛《かんべえ》（註・黒田官兵衛）だけだ。そもそも中国攻めの最中、お館様討ち死にの一報が入った時に、最初に「これはチャンスです」と言い放ったのは、官兵衛だった。

計画は決まっている。

十中八九、親父殿は会議の席上で信孝様を後継者にしようと言い出すだろう。確かに嫡子信忠様亡き今、お館様の跡を継がれるのは、信孝様以外にはいない。親父殿は烏帽子親でもあり、あの方とは繋《つな》がりも深い。しかしここで信孝様が家督を継いだら、必然的に親父殿の発言力が強まり、オレの出番はなくなる。だからこれは絶対に阻止しなくてはならないんだ。

そこでオレは別の候補を立てるつもりでいる。誰もが驚く名前だよ。三介信雄様。もちろん信雄様もお館様のお子であり、織田家を継ぐ資格は十分ある。しかし誰も彼を推さないのは、はっきり言って、信雄様が救いようのない馬鹿だからだ。お館様も若い時に、うつけ者と呼ばれたが、それは世を欺く仮の姿。信雄様の場合、仮の姿である可能性は限りなく少ない。つまり本物の馬鹿ってことだ。甘やかされて育ったせいか、わがままな性格で、度量も狭い。物事を筋道立てて考えることが出来ないから、感覚で動く。そして、その感覚もだいたいは間違った感覚なので、必ずトラブルに発展するわけだ。伊賀攻めの際に、無断で兵を動かし、感覚で戦を始めて大敗。お館様から激しく叱咤《しった》されたこともあったっけ。山崎の合戦の際は、近江にいたが、結局何もせずに傍観。馬鹿だよなあ。安土城を占拠していた明智勢が退却した後、兵を率いて城に入るが、何を考えたか火を放ち、お館様が築いた安土城を燃やしてしまった。まったくもって訳の分からんお人である。

だが、あえてオレはこの信雄様を推す。

理由は簡単だ。信雄様が家督を継げば、それを推挙したオレの立場は、織田家の中でさらに確固たるものとなる。信雄様も当然、今後、オレには頭が上がらないはず。しばらくの間、オレは裏に回り、信雄様という神輿《みこし》の下で、織田家の実権を握るって寸法だ。神輿は軽い方がいいというのが、世の習いさ。そして、その先は……まあ、ゆっくり考えるとしよう。

そのためには、まず信雄を、いや失礼、信雄様を後継者にしなくてはならない。それには宿老たちの賛同を得る必要がある。信雄と信孝は母親が違う。そして二人は同じ年に生まれている。お館様もようやるわ。ところが実は信雄は信孝よりも、二十日ほど生まれが遅い。信孝の母親が信雄の母親より身分が低いので便宜上、信雄が次男になっているに過ぎないのだ。信しかも信孝は山崎の弔い合戦に加わっている。何も出来ずにただ安土城を焼いてしまった信雄とは大きな違いだ。現状では信雄はかなり不利と言えるだろう。これをどう会議の席上で逆転させるか。後は根回しである。いかに出席者を、会議までにこちらの味方につけるかが勝負。会議が始まった時には、既に決着がついているのが理想だ。果たしてそううまくいくか。いや、やらねばならない。なにしろ、これはオレの天下取りに向けての最初の戦なのだから。

すべては清須で決まるのだ。

一日目

一　天正十年六月二十四日　朝

尾張清須城正門前における、前田玄以の家来衆を前にしての訓示（現代語訳）

皆さん、お早うございます。前田《まえだ》玄以《げんい》です。

本日、いよいよ諸将の方々が到着されます。身を引き締めて参りましょう。今回の清須会議が、成功裏に終わるかどうかは、すべて私たちの手腕に掛かっています。この乱世、とかく武将ばかりが目立っておりますが、いつの世も、本当に時代を動かしているのは、そう、我々、文官なのであります。誇りを持っていこうではありませんか。

思い起こせば、信長公がお亡くなりになられたのが六月二日。早いもので、あれから三週間が過ぎました。

ご存じの方もおられるでしょうが、私、前田玄以は、元来、信長公の御嫡男信忠様の下で長年、お仕えしておりました。本能寺の変が起きたのは、殿に従って京都妙覚寺《みょうかくじ》に滞在していた折りのこと。あの日、六月二日の朝、明智謀反の報せを受けた信忠様は、すぐさま信長公を助けに兵を率いて本能寺へ向かわれました。が、しかし、明智勢に阻まれて断念、そのまま二条新御所へお移りになられたのであります。そこで明智勢を迎え撃つことになるのですが、妙覚寺で待機していた私もまた、殿の跡を追って二条新御所へ入りました。

信忠様は、私にこうおっしゃいました。

「ひょっとすると、父はもうご自害されているかもしれん。ここも明智勢に囲まれるのは時間の問題であろう。俺は籠城《ろうじょう》して徹底抗戦するつもりだが、家族を危険にさらすわけにはいかん。玄以、お前は今すぐ、妻と息子を連れてここを抜け出し、清須へ向かってくれ」

「かしこまりました、信忠様」

そして信忠様は奥方様の松姫《まつひめ》様とご子息の三法師《さんほうし》君をお呼びになられました。

私には信忠様が覚悟をお決めになられていることが、分かっておりましたので、お三人が最後の別れを惜しむ間、廊下で待っていました。そうこうしているうちに、表が騒がしくなってきました。

私「殿、いよいよ明智勢がやって参りました」殿「そうか。それでは姫、今生の別れだ」

姫「嫌でございます、私も残ります」殿「馬鹿を言うではない。お前には三法師を育てる義務があるのだ、さあ、行け」姫「殿」三法師「ちちうえさま」殿「三法師、さらばだ！」私「姫、お急ぎ下さい、周囲を囲まれてからでは逃げようにも逃げられません！」

こうして私は、三歳になる幼い三法師君を小脇に抱え、松姫様の手を握って、決死の覚悟で、明智勢が迫る二条新御所を後にしたのであります。なにしろ三法師君は信長様のお孫様。何かあっては一大事と、この前田玄以、命を懸けてお守りいたしまして、敵の銃弾をかいくぐり、京の街を脱出。三日目の朝、ようやくこの清須へたどり着いたのであります。

さて、ほっとしたのもつかの間、今から六日前のことでございます。筆頭家老の柴田勝家様より「織田家の行く末を決める会議を開く」との報せが届きました。期日は二十四日からの五日間。なんという過密スケジュール。これは早急に準備を進めなければなりません。しかし、それこそが、我らの本来の仕事なのです。前田玄以にお任せあれ。

会場となる城内大広間の整備、あわせて、お集まりになる諸将の方々の宿の割り振り、それぞれが連れて来られる兵士たちの滞在場所の確保。そして食事の段取り。それら一切の手配を急ピッチで行なった次第であります。

一度は、もう無理なのではないか、会議のスケジュールを遅らせてもらった方がよいのではないかという声さえあがったのですが、「いや、事は急を要する。今は、一日も早く後継者を選ぶことが、なにより大事である。期日の延期はまかりならんっ」という私の一言で、家臣全員が一つになり、なんとかピンチを切り抜け、こうしてめでたく今日という日を迎えたのであります。

皆さん、いよいよ今日からが本番です。これより五日間、我らは裏方に徹して、滞りなく会議が進行するよう、誠心誠意頑張って参りましょう。織田家の未来は、日本の未来。そして、歴史を作るのは私たちです。まもなく柴田様ご一行様が到着されます。皆で、お迎えいたしましょうね。

業務連絡です。羽柴秀吉様は、当初、他の方々と同様、城内に宿泊される予定でしたが、寝泊まりは城の外にして欲しいという申し出が昨日になって届き、急遽《きゅうきょ》、ご城下の西覚寺《さいかくじ》に宿を置くことになりました。関連の各パート、よろしくお願いします。

二　同年同月同日　午後

清須城を仰ぎ見る街道。

柴田勝家、馬上のモノローグ（現代語訳）

おお、あそこに見えるは清須城。儂にとってもっとも思い出深い城だ。那古野《なごや》、清須、小牧山、岐阜、安土とお館様は城をお移りになられたが、やはり清須がすべての始まりであった。お館様の名を一躍全国区に押し上げた桶狭間の戦い。あの日もお館様はこの清須城から出陣されたのだ。

今でも覚えておる。尾張に侵攻して来た今川義元《よしもと》の軍は二万とも三万とも言われていた。地方の小大名に過ぎなかったお館様が、正面から戦って勝てる相手ではない。儂ら家臣は、ここは、籠城しかないと意見が一致していた。だがお館様は、城を出て戦うとおっしゃった。そして儂らが止めるのも聞かず、わずかの手勢を率いて、城を飛び出て行かれたのだ。激しい雨が降っておった。誰もが織田家は滅びたと思った。だがお館様は、その大雨の中、敵方の本陣を急襲、見事義元を討ち取られたのだ。お館様が、ただの「うつけ」ではないことを世間に知らしめた瞬間であった。

あれ以来、お館様は駆けに駆けた。美濃《みの》攻略、姉川《あねがわ》の戦い、比叡山焼き討ち、長篠《ながしの》の戦い。そしてお館様のお側《そば》には、いつもこの柴田権六勝家がいた。

すべてはこの清須から始まったのだ。

お館様は領土を拡げていくと、家臣たちに城をお与えになった。儂は越前の北ノ庄の城を任された。越前八郡四十九万石。これなどは、どれだけお館様の信任が厚かったかの証明と言えるだろう。ちなみに藤吉郎はその頃、まだ二十万石にも満たなかったはずだ。

北ノ庄の城を頂いてからは、まさに戦に次ぐ戦の日々。上杉征伐、加賀一向一揆の制圧。多くの血が流れた。

そして七年ぶりの清須。あの戦場の阿鼻叫喚《あびきょうかん》が、まるで嘘に思えるような、抜けるような青空だ。むせ返るようなこの夏草の香り。蛙たちの声も、昔と少しも変わらない。しかし、まもなくこの地は戦場となるのだ。筆頭家老の椅子を賭けた、秀吉との戦。会議という名の大戦《おおいくさ》。考えただけでも武者震いがするわい。

城に着いたら、まず織田信孝様にご挨拶《あいさつ》に行こう。会議の席で信孝様を後継として推すことを、ご本人に了解して頂かなくては。よもやご辞退されることはないだろう。賢いお方なので、今の織田家の状況はよく分かっていらっしゃるはずである。

いや、待て、信孝様にお会いする前に、お市《いち》様（註・信長の妹）のところに顔を出しておくかな。お館様を亡くされて、あの方も、さぞやお気を落としになられているだろう。この柴田権六の大きな顔を見れば、懐かしさに、少しは元気も戻ってくるのではないか。

あのお方は、儂にとっては、永遠の憧れ、いや、そんな甘いものではない。儂にとっての観音菩薩《かんのんぼさつ》様なのだ。むろん身分違いは分かっている。お館様のご身内に、家来筋が恋心を抱くなど、あってはならぬこと。それは重々承知している。

　あの方がお生まれになった時から儂は織田家に仕えておった。もちろん惚れたのは、もっとずっと後だ。美しい姫君に成長されたあのお方を、城の中庭でお見かけした日。身体中に痺《しび》れるような感覚が走った。

　儂は戦一筋で生きてきた男だ。女人は勝負勘が鈍ると思い、それまであえて避けてきた。どうしても我慢出来なくなった時は、金で買った。行きずりの百姓女を押し倒したこともあった。生涯独身を通すつもりの儂が、あのお方を見た瞬間、このお方と添い遂げたいと、心から思ったものだ。抱きたいと思ったものだ。これが恋なのですね、と思ったものだ。

　しかし、所詮《しょせん》叶わぬ恋。なにしろ岩のようなこの面に、大木の如きこの図体だ。鬼の権六に恋話は似合わない。プラトニッククラブはもっと似合わない。だから、お市様に対する思いは、誰かに悟られる前に、そっと自分の中に仕舞ったのだ。当然、お市様もご存じない。いや、知られてしまったら、儂は恥ずかしさで生きてはいけんだろう。あの方が、お館様の命で、浅井《あざい》長政《ながまさ》に嫁がれた時は、あまりのショックで数日間寝込んだが、周囲には、馬から変な降り方をしたので腰を痛めたと嘘をついた。浅井が滅んでお市様が織田家に戻って来られた時は、あまりの嬉しさに祝盃をあげたが、周囲には、長年痛めていた虫歯が抜けた祝いであると、ごまかした。

これからお市様に会うと思うと、今から胸がときめく。あの方に少しでも元気をつけて頂きたいと、越前から特別にらっきょうを持参した。本来は薬用だが、らっきょうは漬け物にすると、とてつもなく美味なのである。本当は、もう少し値の張る、例えば茶器のようなものが良かったのかもしれないが、あまり高価なものだと、逆に下心があるように思われても困るので、らっきょうにした。越前蟹《がに》も考えたが、この季節、さすがに難しかった。以前、お土産には香の物が一番とおっしゃっていたのを思い出し、らっきょうにしたのだ。

三　同年同月同日　それより約一時間後

清須城、奥の間。
信長の妹、お市の方のモノローグ（現代語訳）

やっと権六が帰って行ったわ。お顔を見に来たと言うわりには、ずいぶん長い間居座ったものね。申し訳ないけど、私だってそんなに暇じゃないんですけど。昔から自分中心の男だったわ、柴田権六という男。相手の都合など、考えもしない。

それにしても権六も老けたわね。ご自慢のお髭《ひげ》にもすっかり白いものが混じっていたわ。

でも、貫禄だけは昔のまま。さすがは鬼の権六。あの歳の人にしては、筋肉質のいい身体をしていた。着物の上からでも分かった。そして、ごめんなさい、臭《にお》いも昔のままだった。体臭がきつい男の人って、歳取ってもずっと臭いのね。それどころか、加齢臭もプラスされて、なんだか凄《すご》いことになっていた。三メートルは離れていたのに、ツーンとしたもの。

お侍って、臭いのが勲章みたいに考えてるところがあるけど、どうなんでしょう。その点、兄（註・信長）はお洒落《しやれ》だった。いつもほのかに菖蒲の香りがしていた。着る物も染み一つなかったし、髪も手入れが行き届いていた。やっぱり兄は他の武将とは違っていたわ。それは私も認めましょう。人間としては最後まで好きになれなかったけど。

権六が私に惚れていることは、昔から分かっていました。本人はうまく隠しているつもりらしいけど、完全にばれていました。あの物欲しそうな瞳を見れば一目瞭然。女はそういうところ、敏感なの。

だけどね、権六。いくらなんでも、あれはないわよ。なんで、らっきょうなの。私の気を引きたいんだったら、もう少しまともなお土産持って来なさいっていうのよ。茶器とか、反物とか。だいたい私、お新香が好きだなんて一言も言ってないし。私が言ったのは、香りの物。普通はお香とか香炉のことでしょう。

悪いけど、権六には何の興味もありません。でも今日のところは手を取って言っておいたの。「織田家のことを、よろしくお願いします」って。「織田家を守れるのは、あなたしかいません」って。あの人、小さく震えていたわ。

私が哀れな老人に肩入れする理由はただ一つ。名前を口にするのも汚らわしい、あの男が許せないから。そう、羽柴秀吉。この世でもっとも憎むべき男。あの小賢《こざか》しい猿面の鼻をへし折ってやりたい。だから権六を利用するの。

愛する夫と息子を殺したのは、兄と秀吉。だから私は秀吉を許さない。

今は明智光秀を討って、正義の味方みたいになってるけど、あの男の正体は姑息で陰険で計算高い人間のくずだわ。秀吉をこれ以上のさばらせておくわけにはいかないの。秀吉を押さえ込むことが出来るのは、今の織田家では権六だけ。だから、私にぞっこんなのを利用して「くれぐれも秀吉にいい思いをさせてはなりません」と釘を刺しておいたわ。そっと膝《ひざ》の上に手を置いてやったのは、ちょっとしたサービス。権六ったら、顔を真っ赤にして照れていた。これであいつは私の意のまま。これから三七（註・信孝）に会いに行くって言ってた。いいんじゃない。権六に近い三七が織田家を継げば、秀吉の居場所はなくなる。うん、とってもいいと思う。藤吉郎、見ていなさい。あなたの思い通りにはさせないわ。

ちなみに、らっきょうは権六に返しておきました。

四　同年同月同日　それより約一時間後

清須城、居室において
亡き父と兄に語りかける織田三七信孝（現代語訳）

父上様、信忠兄上様、ご無沙汰しております。そちらの様子はいかがですか？　お二人で、あの世の天下統一の算段でもしていらっしゃるのでしょうか。

先ほど、柴田勝家がやって来て、今度の会議で、父上の後継者として私を推したいと言われました。正直、寝耳に水でした。当然、信雄兄が継がれると思っていたものですから。

もちろん、信雄兄はいささか問題のあるお方です。織田家の跡目を継ぐのに相応しい人物だとは私も思ってはいません。うぬぼれと取られると嫌なのですが、冷静に考えて、また客観的に判断してみて、文武共に優れているのは私の方です。私は家臣たちからも慕われています。信雄兄は誰からも慕われていません。こんなことは言いたくはありませんが、信雄兄は城の中でも孤立無援状態です。すべては兄上の性格がいけないのです。ころころとご自分の意見をお変えになる。朝令暮改はいい方で、ひどい時には朝言ったことを昼前には忘れておしまいになられる。今や誰もあの方の話をまともに聞こうとはしません。しかし、信雄兄こそが、跡目を継ぐべきお方。私は諦めておりました。この先は、信雄兄の側で、サポート的な仕事が出来たらなと思っておりました。兄弟、力を合わせて、これからの織田家を守り立てていけたらステキではないですか。

信雄兄を差し置いて、自分が跡目を継ぐなどとは、微塵《みじん》も考えていませんでした。結論から申し上げます。私は勝家の申し出を受けました。私のような者で良ければ、ぜひ父上の跡を継がせて頂きたい。そう勝家に伝えました。

私は信忠兄や信雄兄とは母親が違います。しかし父上は私に、兄たちと変わらぬ愛を注いで下さいました。十歳の時に神戸《かんべ》家の養子に出された時も、私が寂しくないようにと、父上は多くの家臣を付けて下さいました。去年の、あの盛大な馬揃えの時も、私は、兄二人と三《さん》十郎《じゅうろう》叔父（註・信包《のぶかね》。信長の弟でお市の兄）に次ぐ四番の位置を頂き、京の人々に、織田信長の息子であることをきちんと示すことが出来ました。そもそも今回の四国攻めは、私の案を父上が採用して下さったもの。しかも総司令官に任命して頂くとは。父上の十二人の息子の中で、遠征軍の指揮を任されたのは、信忠兄と私だけです。どれだけ誇りに感じたことか。本能寺の変のために延期になってしまったのが、つくづく悔やまれます。絶対に近い将来、軍を立て直して、四国に攻め入るつもりでいますので、どうかご安心を。

父上は私を愛して下さっていました。明智討伐の際は、慎重派の丹羽長秀の意見を聞いてしまったばかりに、秀吉に先を越され、父上の仇を討つことが出来ませんでした。私が後継を引き受けた理由はそこにあります。私は父上にご恩返しがしたいのです。ここまで引き立てて頂いた父上のために、織田家を引き継ぎ、父上の悲願であられた天下統一を成し遂げたい。はっきり言って、信雄兄にはそれは無理です。だから私は決意したのです。

ただし、これだけは勝家に言っておきました。後継に名乗りを上げるということは、それなりの覚悟で臨むわけです。なにしろ信雄兄をないがしろにするわけですから。くれぐれも、途中で梯子《はしご》をはずすようなことはしないで欲しい、とお願いしました。名乗りを上げておきながら、結局、信雄兄が相続するようなことにでもなったら、私は笑い者です。それだけは避けて欲しい。一度覚悟を決めたからには、是が非でも織田家の跡を継ぎたいのです。勝家は約束してくれました。天地神明に誓って、私を跡目にすると、誓ってくれました。

一つだけ勝家が心配していたのは、その後、信雄兄との関係が悪くなるのではないかと、いうこと。それに関して私はさほど気にしていません。そうなったらなったで仕方ないし、たとえそうなったとしても、その時、信雄兄の側につく家臣はまずいない。だから織田家を二分するようなトラブルにはなりようがないのです。

父上様、そして信忠兄上様。あなた方の志は、この三七信孝が引き継ぎます。織田家と日本の行く末、どうか天上で見守っていて下さい。

それにしても、どうして勝家は私にらっきょうをくれたのだろう？

五　同年同月同日　夕刻

清須城、物見櫓の上における丹羽長秀のモノローグ（現代語訳）

五条川の水面《みなも》に夕日が当たって、眩《まばゆ》いほどに輝いている。何度も見た光景である。この城に来るのもずいぶん久々だ。私は十五歳の時からお館様にお仕えした。十年ほど前に佐和山《さわやま》の城を任されるまで、私にとっては、この城がいわゆる職場であった。桶狭間もここから出陣した。ここから見える光景も、昔と少しも変わっていない。五条川の水の色もあの頃のままだ。違うのは、ここにお館様の姿がないこと。ここからよく、遠めがねでご城下の様子を見ておられた。

いかんいかん、珍しく感傷的になってしまった。

我ら織田家臣団にとってこの城は、まさに古巣だ。織田家の行く末を決める会議に、これほど相応しい場所もないだろう。まもなく各地に散った宿老たちが一堂に会す。権六は一番に到着。私も先ほど着いた。筑前ももうじき現れるはずだ。関東の左近が果たして今日明日のうちに間に合うかどうか。案の定、北条勢はお館様が死んだことを知るや、俄然《がぜん》息を吹き返して、左近の奴、かなり苦戦をしている様子だ。滝川左近一益は、権六よりやや若いが織田家の中では最古参。我らとは共に戦ってきた仲である。当然、権六グループなので、会議の場にいてもらえると秀吉包囲網はさらに鉄壁となる。間に合うと良いが。

そういえば権六は、城に着くなり、お市様と話をしたらしい。権六のお市様に対する純愛は、家臣の中で知らない者はいない。昔から、隠していると思っているのは本人だけだ。あれほど感情が顔に出る男も珍しい。しかし、ばれていることを伝えると、権六は恥ずかしさのあまり切腹しかねないので、絶対に本人には言うなと、私は周囲に触れて回ったものだ。

権六が言うには、お市様は彼の手を取って「織田家のことを、よろしくお願いします」とおっしゃったらしい。お蔭で権六は有頂天だ。「お市様はひょっとしたら、儂に惚れておられるのではないか」とさえ言っていた。お市様がどんな思いで言われたのか、私には分からないが、あのお方の筑前嫌いは相当だから、恐らく権六を使って筑前を追い落とそうという腹ではないだろうか。少なくとも、権六には酷だが、奴にいきなり惚れたのではないことは確かだ。

ただしお市様といえば、お館様の妹君。美男美女が多い織田の血筋でも、その美しさは飛び抜けている。お館様亡き今、お市様は織田家にとっての精神的支柱のような存在である。その方がこちらの味方に付いているというのは、頼もしい限りだ。

権六は既に信孝様の了承を得たとも言っていた。すべてが京で私が立てたプラン通りに進んでいる。素晴らしい。会議に大事なのは根回しである。それにしても「決して梯子を途中ではずすな」とは、実に信孝様らしいお言葉だ。信長公の息子というプライドは人一倍強いお方。恥を掻くことをもっとも恐れるのは、お坊ちゃん育ちにありがちなことだ。

それにしても筑前はどう出るだろうか。ただただ我らの信孝様擁立を黙って見ているような男ではない。普通に考えれば、対抗して信雄様を立てるところだが、あの「リアルうつけ」ではそれも難しかろう。どんな手を使ってくるか、楽しみなところである。まあ、どう転んでも、勝家有利は覆せないだろうが。

ん、あの音はなんだ。遠くから太鼓のような響きが聞こえてきた。川下からだ。海戦用の小早《こばや》（註・小型の軍船）の上で半裸の男が太鼓を刻んでいる。それに合わせて、船頭たちが櫓《ろ》を漕いでいるではないか。そして舳先《へさき》には、立ち上がって金色の扇を手に舞いながら、何やら大声で叫んでいる男がいる。あれは筑前ではないか。小早の後ろからは無数の舟が川を上って来る。兵士が乗っているものもあれば、俵や大きな木箱を積んだものも。少なくとも二十艘はいる。音を聞きつけた人々が、両岸に集まって来た。あっと言う間に黒山の人だかりが出来てしまった。そして、興奮する人々の歓声が、風に乗ってここまで聞こえてくる。

恐ろしい男だ、筑前守秀吉。

六　同年同月同日　同時刻

五条川を上る船上の羽柴秀吉、扇片手に舞いつつ、脇の軍師黒田官兵衛に語る（現代語訳）

見ろ、官兵衛。こっちの岸にもあっちの岸にも、見物人があんなにいるぞ。集まれ、もっと集まれ！

「さあさあ、皆さん、藤吉郎が帰って参りました！　賊将明智光秀の首をあげた、あの木下藤吉郎が清須に帰って参りました」

聞こえたか、官兵衛。あの声を。皆、このオレを歓迎してくれているぞ。オレの声を聞いて、手を叩《たた》いて喜んでいる。オレの顔を見て、涙を流している。これだ、これでなくてはならんのだ、官兵衛。結局は、民の心を摑んだ者が天下を取るのだ。お館様は、敵に対しては容赦がなかったが、領民たちには優しかった。あそこにいる者どもは、皆、お館様を慕っている。そしてお館様の仇を討ったオレを慕っている。官兵衛、船着き場に着いたら、集まった者たちに、京から運んで来た土産物を配ってやれ。けちることはない。大盤振る舞いだ。

「太鼓、もっと強く打て！　船頭、もっと早く漕げ！」

官兵衛、見ろ、あれが清須城だ。オレの人生はあそこから始まったんだ。台所奉行をやっていたのもあそこだ。桶狭間の時も、お館様に従ってあの城から出発したんだ。オレの原点だ、官兵衛。そしてあの清須城から、オレの天下取りが始まる。偶然とは言え、親父殿も味なことをしてくれたもんだな。オレにしてみれば、最高の檜《ひのき》舞台だ。

城に着いたら、まず信雄様にお会いするとしよう。会議の席で信雄様を後継として推すことを、ご本人に了解して頂くのだ。よもやご辞退されることはないだろう。天下一のうつけ殿だ。何も考えずに大喜びするに違いない。

いや、待て。その前に行くところがある。お市様にご挨拶しなければなるまい。お館様が亡くなり、あのお方もさぞやお気を落としておられるだろう。オレが行って慰めて差し上げよう。確かにお市様はオレを恨んでいらっしゃる。それはオレも知っている。だが、あれはオレのせいではないのだ。オレはお館様の命令に従っただけなのだから。

いつかは分かってもらえると思っている。誠心誠意、オレが尽くせば、きっとお市様は許して下さるはず。ひょっとしたら、明智討伐のこと、褒めて下さるかもしれん。そのタイミングで、京で買った土産の香炉を差し出せば、きっと心を開いて下さるのではないか。

その通りだ、官兵衛。オレはお市様に惚れている。はっきり言うが、あの方がOKして下さるなら、寧《ねい》（註・秀吉の妻）と別れて、お市様を妻にしてもいいと思っている。もちろんそれくらいの覚悟は出来ている。

かつてこの城にいた時、オレは苦労の連続だった。お館様の草履持ちから始め、やっとのことで台所奉行まで這い上がった。お市様といえば、当時から雲の上のお方。身分違いもはなはだしい。話しかけるなどもってのほかで、歩いてらっしゃる姿を遠くから眺めるだけだった。だが今は違うぞ。オレは次期織田家筆頭家老。明智を倒して人気実力ともに織田家随一だ。お市様も、前の旦那に死なれてからそろそろ十年になる。冷静に考えても、もういい頃合いなんじゃないだろうか。オレの計算だと、お市様は今年で三十五か六になる。女としては一番脂が乗った時期だ。城の奥でくすぶっているのは、いかにももったいない。ああ、抱きたい。お市様を抱きたい。あの方を抱けるのであれば、オレは天下なんかいらない。すまん、今のは失言だ。官兵衛、お市様に会えると思うと、いささか頭がおかしくなってきた。狂おしいな、恋というものは。

訂正する。オレはお館様に代わって天下を取り、そしてお市様を抱く。これでどうだ、官兵衛！

七　同年同月同日　それから一時間後

清須城大広間。

平身低頭の秀吉を前に、お市の方の心の声（現代語訳）

一体どこまで面の皮が厚いのだろう、この秀吉という男は。どんなに媚《こび》を売っても、私がお前を許すはずがないでしょう。

秀吉は床に額がはりつくほどに、深々と頭を下げている。先ほどから身動き一つしない。よく見ると背中が小刻みに震えているわ。京から持って来た土産の山を、私が受け取らなかったからね。秀吉が挨拶の言葉を並べ立てても、一切私が無視したからね。当たり前よ。私はお前が嫌いなのだから。

二十歳の時に浅井長政様のもとへ嫁いだのは、もちろん勢力拡大を狙う兄の策略でした。いわゆる政略結婚。でも長政様はとても心の優しいお方だった。私たちは心から互いを敬い、そして愛し合った。そして五人の子供に恵まれた。

確かに最初に兄を裏切ったのは夫の方です。あの人は、同盟の約束を破って、兄と敵対する朝倉に味方しました。でも夫も悩んだのです。本当は兄の側に付きたかった。しかし浅井と朝倉の長年来の絆は、夫が考えている以上に深かったのです。夫は父親に説得され、苦渋の決断で、兄を裏切りました。もちろん兄の怒る気持ちも分かります。夫のことを信じていましたから。でも、だからと言ってあんな仕打ちをしなくても。

兄との戦に敗れた夫は自害し、浅井は滅びました。そして私との間に出来た長男は処刑されました。わずか十歳で、万福丸《まんぷくまる》は死んだのです。その時、処刑に立ち会ったのがお前よ、秀吉。どんなに私が頭を下げても、お前は聞いてくれなかった。息子を救ってくれなかった。兄には殺したと偽って、そっと仏門に入れることだって出来たはず。でもお前は、それを許さなかった。なぜなら兄の命《めい》に背くのが怖かったから。自分可愛さで、お前は、幼い万福丸を見殺しにしたのです。

本能寺で兄が死んだと聞いた時、私は少しも悲しくありませんでした。兄が天寿を全う出来なかったのは、残虐非道な行ないを繰り返してきた罰です。天罰です。どうして明智を討ったお前に、私が感謝しなければならないのですか。むしろ、兄を殺した光秀こそ、私は褒めてやりたかった。

羽柴筑前守秀吉、私は生涯、お前を恨み続けます。今は亡き万福丸のために。生きていれば二十歳を過ぎた立派な若武者になっているはずの万福丸のために。


私が無言のままだから、やっとお前も分かったみたいね。どれだけ自分が嫌われているか。若いくせに禿《は》げ上がった額に、脂汗がにじみ出ているわ。いい気味です。もう少し無言のままでいてやりましょう。

それにしても、土産品の中味は何だったのかしら。立派な桐の箱に入っているけれど。秀吉のことだから、私の趣味趣向も調べ上げて、ひょっとしたら香炉かもしれないわね。この男、そういうところが抜け目ないから。勘違いしてお新香を持って来た権六と比べたら、まあ、大違い。

秀吉は嫌いだけど、せっかく持って来たんだから、頂いておきましょう。そうだわ、こいつの目の前で受け取るのは癪《しゃく》だから、一旦席を立って、後でお付きの者に引き取らせましょう。

八　同年同月同日　その夜

清須城下、西覚寺境内。
羽柴秀吉を励ます黒田官兵衛（現代語訳）

殿、いつまで落ち込んでおられるのですか。お市様のことはいい加減、忘れることです。女は執念深いもの。殿に対する恨みが消えるのは、まだまだ先のことでございましょう。しかし不思議なものです。殿は女のことはよくご存じのはずなのに、お市様のことになると、とたんに、頭が馬鹿になる。まるで初恋の相手にどぎまぎし、すべてが裏目に出る、ウブな少年のようです。まあ、それだけお市様を慕っておられるということなのでしょうが。

一言申し上げておきますが、万福丸様の件に関しては、殿は何一つ悔やまれることはありません。戦において、勝った者が負けた者の身内を処刑するのは世の習い。生かしておくと、必ず将来災いのもとになります。平清盛《たいらのきよもり》入道が、幼き源頼朝《みなもとのよりとも》公と義経《よしつね》公の兄弟を救ってやったばかりに、平氏は源氏に滅ぼされてしまったのです。禍根は早いうちに断っておかなければなりません。しかも殿は、信長公のご命令に従ったまでのこと。お市様が殿を恨まれるのはまったくのお門違いでございます。はい、そんなこと、殿は百も承知ですよね。その上で落ち込んでおられる。それも承知しております。

真面目な話になりますが、戦略的な観点から申し上げれば、この段階でお市様と距離を置くのは、むしろ好都合と言えます。

私は織田家の家臣とは言え、あくまで秀吉様ご本人に仕えているつもりでございます身。だからこそ、織田家のことは客観的に見ることが出来ます。お市様は、亡き信長公の妹君。そしてその美しさは誰もが知るところ。家臣や領民たちの間でもお市様は絶大な人気がございます。政治的な面には一切関わることはありませんが、お市様は織田家のシンボルとして、その言動は常に人々から注目されております。そのお市様と殿がもし深い関係になったとしましょう。かなりの反発が予想されます。殿に織田家を乗っ取られるのではないかと危惧《きぐ》する者も当然出て来る。これはいかがなものでございましょう。

殿の目的は一つ。織田家に忠義を尽くすよう見せて、結果的には織田家に代わって天下を取ること。そのためには、今はあまりお市様と関わるべきではありません。ゆくゆく天下をお取りになってからでも遅くはない。その時は、お市様どころか、日本中の女を好きなだけ抱けるのです。それまでどうかご辛抱を。

それよりも、まずなすべきは、殿の大事な「神輿」信雄様とお話しになることです。その上で、そうですね、今夜あたり、柴田勝家様とお会いになるのはいかがでしょう。どのみち、殿が信雄様と手を結んだことは、遅かれ早かれ向こうの耳にも入るはず。ここは早いうちに、殿自身の口から、柴田様にお伝えするのが得策かと。恐らく今頃は、殿がどんな手で来るか、戦々恐々としているはず。先にこちらの手の内を見せておいて、向こうの出方を見るというのはいかがでしょう。

九　同年同月同日　その一時間後

清須城、居室にて。

亡き父と兄に語りかける織田三介信雄（現代語訳）

父上、兄貴、お元気ですか。おれは元気ですよ。って、父上も兄貴も死んじゃってるんだよな、お元気はないよな。今、自分でウケちゃったよ。

今、秀吉がやって来たよ。おれに織田家の家督を継いで欲しいって言われちゃった。驚いたよ。だって、当然継ぐもんだと思ってたから。なんで改めてそんなこと言われるんだ？

なんか、会議があるらしいんだ。そこで誰が次の棟梁になるかを決めるんだって。で、初めて知ったんだけど、秀吉が言うには、柴田のおっさんは、どうやら三七を推すことになってるんだって。なんだよそりゃ。なんだよそりゃ。思わず二回言っちゃったよ。もう一回言うよ。なんだよそりゃ。

兄貴が死んだら、次はおれじゃないのかよ。確かにさ、おれの方が生まれたのはちょっとだけ遅かったけどさ、血筋で言えば絶対おれでしょう。だいたい三七の母親って、誰なんだよ。坂氏って言ってたけど、全然知らないんですけど。おれと兄貴の母親は生駒氏なんですけど。藤原家の血が入っててんですけど。

そりゃあ、おれだって、知ってるよ。みんながおれのこと、どう思ってるか。どうせ、おれが家督を継いだら、織田家は滅びるなんて思ってるんじゃないですか。

だけど分かってないねえ。みんなさあ、おれがかなりのうつけ者だと信じてるみたいだけど、これって、言っとくけど、作戦なんですけど。うつけのふりして、周囲を油断させる、父上の「うつけ者大作戦」をそっくり受け継いだだけなんですけど。確かにさ、うつけのふりをしているのが、ちょっと長過ぎて、本当のおれがどんな感じだったか、自分でも分かんなくなってきちゃったっていうのはあるけど、でも、これはあくまで仮の姿ですから。あんまりおれの芝居がうまいんで、みんな、信じ込んでるけどね。だから、いい機会だから、そろそろこの辺で、本当の姿を現すことに決めました。みんな、びっくりするだろうな。

というわけで、秀吉も力を貸してくれるっていうから、おれ、頑張るよ。立派な跡継ぎになって、織田家を守っていくよ。これは約束する。とにかく三七には絶対負けられない。だってあいつが家督を継いだら、おれ、あいつの家来になるんだろ。廊下ですれ違ったら、おれが頭下げるんだろ。そんなのまじでごめんだから。あんな青白いへなちょこ野郎の家来になんか、絶対なるもんか。

安土城を焼いちゃったのは、本当にごめんなさい。あれはね、おれなりに理由があったんだよ。まあ、何を言っても言い訳になるけど、まあ聞いてよ。

本能寺の変の時に、おれ、伊勢の自分の城にいたんだけど、報せを聞いて、すぐに京に駆けつけようと思ったんだ。思ったんだけど、なんやかんやで時間食っちゃって、結局、山崎の弔い合戦に間に合わなかったんだ。そしたらさ、三七の野郎はちゃっかり合戦に参加してるっていうじゃんか。もう頭にきてさ、おれも何か手柄立てたいなって思って。そしたら、明智軍の残党が安土城に籠ってるって情報が飛び込んできてさ。これはチャンスと思って、攻め込んだんだ。ところがさ、城に着いたら、もうあいつら逃げちゃった後。驚いちゃってさあ。全然戦わないで城を手に入れるっていうのも、なんかかっこ悪いじゃない。三七は戦ってるのに、おれ、何にもしてないっていうのが、すごく嫌でさ、少しでも戦った感じにしようと思って、お城のはじっこにちょっと火をつけてみたんだよ。そしたら、これがブワアアアアアッて燃え広がって、あれよあれよという間にお城、丸焼けになっちゃった。ホントごめんなさい。あんなに簡単に燃えるとは思わなかった。でも、心配しないで。おれが必ず、もっといい城を築いてみせるから。おれ、決めてるんだ。大坂あたりいいんじゃないかな。ニュー安土城。あ、でも大坂に建てる時は大坂城になるのかな？　それって決まり？後で確認しとくわ。

十　同年同月同日　その夜遅く

清須城、居室にて。
床の中で今夜のことを思い出す柴田勝家（現代語訳）

藤吉郎から誘いを受けたのは、夕食を摂《と》った後だった。久々に儂と酒を酌み交わしたいという。今は共に城持ちになったが、この清須はお互いにとって、思い出深い場所である。昔を懐かしみながら一献傾けたい、という藤吉郎の気持ちも分からないではなかった。

奴がまだ台所奉行だった頃、儂とあいつの関係は、言ってみれば上司と部下だった。今では信じられないことだが、藤吉郎は儂のことを「親父殿」と慕った。儂も奴に目を掛けてやった。犬千代《いぬちよ》（註・前田利家《まえだとしいえ》）も呼んで、よく三人で飲んだものだ。儂にしてみれば、血気盛んな若者であった奴らが、可愛くて仕方がなかった。そういう時代もあったのだ。三人で集まっては、織田家の行く末を論じ合ったり、武士道とは何かを語り合ったり、たまにはスケベ話に花を咲かせながら、朝まで飲んだものだ。

今夜の誘い、もちろん額面通りには受け取れない。藤吉郎のことだ。何か魂胆があってもおかしくない。だが、ここで断っては、小さい男だと思われてしまう。藤吉郎の出方を窺《うかが》う意味でも、ここは顔だけでも出しておこうと思った。気に食わなければ、帰って来てしまえばよい。儂は、与力として連れて来ていた犬千代を誘い、二人で藤吉郎のもとへ向かうことにした。

前田玄以から聞いて初めて知ったのだが、藤吉郎は城下の寺を宿にしていた。各地から家臣とその兵士が集まるために、城内の部屋が圧倒的に足りなくなっている。そこで藤吉郎は、客間を先輩諸侯に譲り、自ら、寺に泊まることを希望したらしい。なかなか殊勝なことをするじゃないか。

儂と犬千代がその寺を訪れると、藤吉郎は寺の前で待っており、本堂には酒宴の準備が既に整っていた。

儂らは、昔と同じように、酒を酌み交わした。藤吉郎も儂も、明日からの会議については、語ろうとはしなかった。あえてその話題は避け、儂は、改めて明智討伐の労をねぎらってやった。もちろん本心ではないが、そこは筆頭家老の余裕である。藤吉郎は盛んに恐縮してみせた。奴は、今後の織田家は親父殿にかかっておりますと言った。もちろん社交辞令だろうが、藤吉郎がつい口にした「親父殿」という言葉が嬉しかった。この清須の懐かしい空気が、あの男を一瞬、昔に戻したのだろう。それからは、昔話に花が咲いた。主に語るのは儂だ。それに藤吉郎が相づちを打ち、犬千代は黙って頷く。お館様の偉大さを、いかにあの方が人並み外れた才能をお持ちであったかを、儂は語った。二人は真剣な表情でそれを聞いた。思いのほか、楽しい時間が過ぎていった。

そして夜も深まり、思い出話も出尽くしたところで、藤吉郎が「さて」と切り出した。

「親父殿は、織田家の家督問題、どのようにお考えですか」

ようやく本題に入ったわけだ。儂は当然、後継は信孝様を措《お》いて他にはいないと答えた。藤吉郎は黙って腕を組んでみせた。そこで儂は逆に問うた。あくまでもさり気なく。

「藤吉郎、お前はどう考えておるのだ」

そして儂は酒を口にした。これもさり気なさの演出である。さり気ないが核心を衝《つ》いた質問に、藤吉郎はやや動揺しているようにも見えた。

「信雄様が継ぐべきだと考えております」

思わず口にした酒を噴き出した。まさか、そう来るか。藤吉郎は本気で言っているのか。信雄様に織田家の棟梁が務まると思っているのか。

「信雄様はいささか頼りないところがございますが、しかしご長男の信忠様亡き今、次男のあの方に跡目を継いで頂くのが道理でございます。道理をはずせば、天下は乱れます」

確かに筋道からすると、そっちの方が正論である。道理にも適っている。だがしかし。

「信雄様に織田家を率いていけると思うか」

「もちろん思いません。しかし織田家には親父殿がおられます。丹羽様もおられます。及ばずながら、この羽柴筑前もおります。信雄様が多少危なっかしくても、我ら家臣団が一丸となれば、必ずや、この未曾有の危機、乗り越えていけるものと信じております。むしろ、上に立つ者は少々頼りない方が、家来の結束は強まるものでございます」

藤吉郎は、信雄様が跡目を継ぐことの正当性をとうとうと述べた。話を聞いていくうちに、だんだん藤吉郎の言うことが、あながちでたらめではないように思えてきた。いや、むしろそっちの方がうまくいくかもしれん、とさえ思えるようになった。普通に考えればもちろん信孝様だ。しかしあのお方は才気はあるが、お館様と比べれば、いかんせん小粒。信孝様が棟梁になられても、お館様の時代を超えることは出来ない。むしろ我の強い分、周囲はやりにくいだろう。ここは信雄様を神輿に担ぎ上げ、我ら家臣が力を合わせて守り立てていく方が、織田家のためにはいいのではないか。なるほど、確かに藤吉郎の言う通りだ。おや、いつの間にか、儂は納得しているではないか。これはいかん。酒のせいか。

そして藤吉郎は最後にこう付け加えた。

「親父殿がいる限り、織田家は安泰です」

儂は思わず頷いた。

「藤吉郎の言うこと、一理ある」

十一　同年同月同日　同時刻

西覚寺、奥の間にて。

床の中で今夜のことを思い出す羽柴秀吉（現代語訳）

なんと単純なおっさんなんだろう。完全にオレに丸め込まれてしまった。

そもそもあいつは、オレがこの西覚寺を宿にしたことを、「殊勝である」と褒めていた。オレが他の宿老たちに気を遣ったのだと思ったらしいが、もうそこから間違えている。明日からの会議で勝利を収めるためには、まずなにより、清須城を包む全体の空気、ムードというやつを味方に付けるのが一番だ。そのためには、足軽や厩《うまや》番に至るまで、出来るだけ多くの人間の心を摑む必要がある。ここにいれば、気兼ねなく人を呼べるし、盛大に酒宴を開くことも可能だ。城内にいるより密《ひそ》かな談合もしやすい。すべてにおいて好都合なのである。

別に親父殿たちに気を遣ったわけではない。

誘えば当然来ると思っていた。親父殿には筆頭家老としてのプライドがある。断ってしまうと、オレに小さい男だと思われる。奴はそれが嫌なのだ。犬千代を連れて来たのにはいささか驚いたが。あいつも清須に来ていたのだな。犬千代は、今は親父殿の下で与力をやっているが、元はオレの同僚。共にお館様の下で働いた仲だ。無口な男だが、家も隣同士だったものだから、家族ぐるみの付き合いだった。常に正論を吐くところは、青臭くて鼻につくが、その一本気な性格は決して嫌いではない。オレにない部分だけで出来ているような男だから、逆に惹《ひ》かれるのかもしれない。

オレたち三人は、昔と同じように、酒を酌み交わした。オレも親父殿も、明日からの会議のことは、なかなか口に出さない。互いの出方を探る時間が続いた。

親父殿は、明智討伐の労をねぎらってくれた。恥ずかしいほどに見え透いた芝居だ。オレに対する妬《ねた》みやライバル心をぐっと隠して、ここは筆頭家老の余裕を見せておこうという腹であろう。全部、ばれてるけどね。一応、お付き合いで、恐縮する芝居をしておいた。今後の織田家は親父殿にかかっております、などと心にもないことも言っておく。「親父殿」と言われて、なんだか奴《やっこ》さん嬉しそうだったが、別につい口走ってしまったわけではない。当然計算のうちだ。奴は完全にオレの術中にはまったようだ。

それから、親父殿の面白くもなんともない昔話が始まった。話し下手だから、中身があっち行ったりこっち行ったり。相づちを打つのも骨が折れる。聞き流していたから、ほとんど内容は覚えていない。昔もそうだった。犬千代は律儀に耳を傾けていた。これも昔のまだ。そして親父殿はずいぶん楽しそうだった。まったくあの頃と変わらない光景。反吐《へど》が出る。

夜も深まり、親父殿の話も出尽くしたところで、ようやく本題に入ることにした。

「親父殿は、織田家の家督問題、どのようにお考えですか」

そう振ってみると、親父殿は当然、後継は信孝様を措いて他にはいない、と答えた。そのあまりの自信満々な物言いに、オレはいささか鼻白んだ。この単細胞男に、どう信雄擁立の話を切り出そうか思案していると、

「藤吉郎、お前はどう考えておるのだ」

と、奴は自分から切り出してきた。それほど関心がないと言わんばかりに、芝居がかったさり気なさが言葉の隅々ににじみ出ていたが、盃《さかずき》を持つ手は小刻みに震えていた。お前が本当に知りたいのはそこだろうと、オレはほくそ笑んだ。

「信雄様が継ぐべきだと考えております」

親父殿は思わず口にした酒を噴き出した。オレは例の筋道論を持ち出して、なぜ信雄が後継者に相応しいかを説明した。こういう古いタイプの武士には、筋とか道理といった言葉が結構効くのだ。案の定、あれほど驚いていた親父殿が、やがてオレの話に真剣に耳を傾け始めた。

「しかし、信雄様に織田家を率いていけると思うか」

親父殿の問いに対し、オレはここぞとばかりにまくしたてた。だからこそ、家臣団が一丸とならなければならないのだ、我らが信雄様を守り立てていけば、必ず織田家の再興はかなうと。そしてもちろん、親父殿を立てることも忘れなかった。

「親父殿がいる限り、織田家は安泰です」

その一言で、親父殿はすっかり納得してしまった。

「藤吉郎の言うこと、一理ある」

こいつは、オレの敵ではないな。

もちろん、これで完全に親父殿が心変わりするとはオレも思っていない。そこまで奴も単純ではないだろう。酒が抜ければ、すぐに気も変わる。しかし前哨戦《ぜんしょう》としては上出来だ。

むしろ引っかかるのは犬千代である。奴はオレが一気《いっき》呵成《かせい》に喋っている間、一言も口を挟まなかった。黙ってオレを見つめ、まるで何かを見定めているかのように、じっとオレの言葉を聞いていた。そして結局、何一つ自分の意見を言わずに、親父殿と共に帰って行った。昔から、あいつはオレの心を読むのがうまかった。ピュアなところは親父殿に似ていた。だから二人は気が合うのだろう。だが犬千代には、親父殿にはない賢さがあった。純真な賢者ほど、手に負えないものはない。親父殿は騙せても、オレにはあいつを騙し通せる自信がない。今夜もひょっとしたら、オレは本心を奴に見抜かれてしまったのではないか。それが今の一番の不安だ。

十二　同年同月同日　同時刻

清須城、居室にて。
酔いが醒めた柴田勝家のモノローグ（現代語訳）

ようやく頭が回り始めた。ずいぶん酒に弱くなったものだ。

それにしても、儂はどれだけ馬鹿なのだろうか。すっかり藤吉郎の口車に乗せられてしまった。儂は信孝様を推すことに決めたはずではなかったか。信孝様が跡目を継ぎ、儂が後見となって、織田家を守り立てていくのではなかったか。それが藤吉郎を押さえ込む唯一の方法なのではなかったか。

危ない、危ない、もう少しで丸め込まれるところだった。五郎左には今夜のことは黙っておこう。

まったく侮れない男だ、藤吉郎秀吉。

十二　同年同月同日　同時刻

清須城、居室にて。

前田利家、一人座禅を組みながらのモノローグ（現代語訳）

藤吉郎は昔から才気に走り過ぎるところがあった。常に言葉で人を煙に巻く。言わなくていい言い訳を言い、つかなくていい嘘をつく。あいつの口から言葉が溢れ出る時は、大抵、嘘をついている時だ。例えば今夜のように。

あいつは、信雄様が跡目を継げば、却《かえ》って家臣全体の結束が強まると言った。それは本当だろうか。あいつは、織田家のために力を尽くすと誓った。それは本心か。

親父殿と藤吉郎がこれ以上対立することを、私は望まない。親父殿は長年世話になった上司であり、藤吉郎は苦楽を共にした同志である。願わくば、織田家はこれまで通り親父殿に引っ張っていって欲しいのだが、山崎の合戦以来、藤吉郎の立場は飛躍的に上がっている。もう昔のあいつではない。二人がぶつかるのは時間の問題であろう。今日のところは、親父殿が丸め込まれた形になったが、親父殿も今頃は酔いが醒めて、ひどく後悔されていることだろう。

親父殿はこのところ、藤吉郎に筆頭家老の座を奪われるのではないかと、心配されている。だが、私は今夜の藤吉郎に、それよりももっとどす黒いものを感じた。ひょっとすると、あいつは織田家そのものを乗っ取ろうとしているのではないか。そうなると、聡明な信孝様が跡目を継ぐよりも、愚鈍な信雄様が跡継ぎになった方が、遥《はる》かに都合がいい。藤吉郎の本当の狙いはそこなのではないだろうか。

今は、その思いが杞憂《きゆう》であることを祈るばかりだ。そして、不安がもし的中した時、私は藤吉郎を斬《き》るつもりでいる。

二日目

一　天正十年六月二十五日　朝

尾張清須城正門前、前田玄以の朝の訓示（現代語訳）

皆さん、お早うございます。前田玄以です。本日予定されていた本会議は、宿老滝川一益様のご到着が遅れておりますので、後日に延期となりました。滝川様がお見えになり次第、新しいスケジュールを発表したいと思います。なお、オフィシャルな予定とは別に、プライベートな形での個々の会合は随時行なわれると予測されます。お茶の準備、もしくは酒宴の準備は常に怠らないようにお願いします。お茶請けに関しては、柴田様、丹羽様、羽柴様、それぞれ好みが異なりますので、配膳にはくれぐれも注意するように。ちなみに柴田様は奈良漬け、丹羽様は煎餅、そして羽柴様は金平糖です。

では、本日も張り切って参りましょう！

二　秀吉の妻、寧の日記。六月二十五日分抜粋（現代語訳）

清須に到着した。すべてが懐かしい。私たちが暮らしていた頃と、町の様子は少しも変わらない。空の青さも、川のせせらぎも。でも、お城へ通じる大通りを歩きながら、ふと思った。何かが違う。清須って、こんなに静かだっただろうか。商店街もどこかひっそりとしている。お館様がお城にいらっしゃった頃は、もっと活気があった気がする。毎日がお祭りのようだった。町の人々が皆揃って明るく元気だった。今思えば、あれはやはり、お館様のお力なのかもしれない。強引なほどに前向きなあのお方のイメージが、町そのものの空気を作っていたのではないだろうか。

時間があったので、私たち夫婦が住んでいた屋敷に行ってみた。屋敷といっても、あばら家同然。よくあんなところに七年近くも住んでいたと思う。今は知らない若夫婦が暮らしていた。自分の家にその昔、今をときめく羽柴筑前守秀吉が住んでいたって知ったら、きっと彼らは驚くことでしょう。そう考えるとちょっとだけおかしかった。

それから、藤吉郎のいる西覚寺へ向かった。それにしても、夫はなぜ私を清須に呼んだのだろうか。あの人の考えることは、いつだってよく分からない。本当のことを言えば、あの人が一体どういう人なのかも、だんだん分からなくなってきている。

　私のことを愛してくれているのは確かだ。家にいる時はいつも優しくしてくれる。京へ行ったらお土産を買って来るのを忘れない。それも私の好きな櫛《くし》とか、簪《かんざし》とか。細やかな気遣いにはいつも感心する。でもそうかと思うと、平気で外に女を作る。何度怒られても治らない。

　お館様のことを尊敬していたのは間違いない。でも「織田家を乗っ取る」なんて恐ろしいことを、ぽつりとつぶやいてみせる。しかも私の膝の上で、耳掻きされながら、まるで「今夜、飯を食いに行こう」みたいな気軽さで。一体、どこまで本気なのか。

　いいえ、それは嘘。私には分かっている。あの人は本気。本気で織田家を乗っ取ろうとしている。そして藤吉郎は、言ったことは必ず実現する人。

　自分の夫が出世するのを嫌がる妻はいない。私だって、いい着物を着れば嬉しいし、美味《おい》しいものには目がない。遠い昔、この清須に住んでいた頃、夫は私に誓ってくれた。いつか必ず城持ちになってみせると。牡丹を染め抜いた打ち掛けを私に着せてやると。そしてあの人は、本当にそれを成し遂げた。

　私は、これ以上のものは何も望まない。もう十分過ぎるほど、夢は叶った。でもあの人は違う。藤吉郎はもっともっと上を目指している。

思えば、長浜のお城に住むことになった頃が、一番楽しかった。苦労を身近で見てきただけに、草履持ちから、一国一城の主になったあの人を、誇りに思ったものだ。お城に私やお義母《かあ》様や兄弟たちを呼んで、嬉しそうに中を案内してみせる夫の姿を見て、私は心から幸せを感じた。

でもあの人は満足はしない。

藤吉郎、あなたは何がしたいの？

織田家を乗っ取って、それからどうするつもりなの？

そう言えば、あなたはいつだったか、酔っぱらって言ったわ。私の腕の中で、「天下を取ってみせる」って。

あなたのことだから、それもきっと本気なんでしょう。そしてあなたのことだから、きっと天下を取るんだわ。

でもその後は？　教えて藤吉郎。天下を取ったその先には、一体何があるの？

三　同年同月同日　昼前

清須城、居室における丹羽長秀のモノローグ（現代語訳）

いやはや驚いた。それにしても、まさか筑前が本気で三介信雄様を担ぎ出すとは思わなかった。今朝、権六からその話を聞いた時は、耳を疑った。しかし方々に探りを入れると、確かに筑前は清須に入ってから信雄様と接触している。二人が手を結んだのは間違いないようだ。これで、信孝・権六ラインと信雄・筑前ラインが成立した。これから始まる会議の席上で、全面対決となるのは避けられそうにない。

確かに、道理で言えば信忠様亡き今、跡目を継ぐのは次男の信雄様だ。しかし常識で考えて、あの馬鹿に家督が継げるわけがないではないか。筑前もそれは分かっているはず。

奴の言う通り、我ら家臣団が合議制を採り、信雄様を守り立てていく方法もないことはない。しかし、それはあくまで理想論。現実的には、そんなことが、うまくいくわけがない。いずれ亀裂が生じるのは目に見えている。誰と誰の間に亀裂が入るのかは、言わずもがなだ。

その時、家臣団は二分され、それは織田家崩壊の始まりとなるのだ。賢い筑前に、なぜそれが分からない。

なんとしても、ここは筑前の目論見を潰さなければならない。我々に出来ることは何か。

まず、私が会議の議長となること。これは、権六と筑前が反目し合っているのが周知の事実である以上、意外と容易《たやす》いだろう。会議のまとめ役は家臣団ナンバー2の私しかいないからだ。私が議長になれば、うまく権六に有利になるように、議事を進めることも可能である。

それから差し当たっては、お市様だ。あのお方は、筑前憎しで権六に接近している。それを利用して、「お館様の妹君」が権六支持に回ったことを、家臣たちにアピールするのだ。お市様は、お嬢様方を連れて散歩に出るのを日課にしておられる。そこに信孝様と権六を同行させるというのは、どうだろう。お市様・信孝様・権六のスリーショットは、間違いなく城内の人間に、信孝様が後継者に決まった印象を与えるであろう。少なくとも筑前サイドは多大なショックを受けるはず。

今、一番やらなければならないのは、会議が始まるまでに、流れをこっちに持って来ること。戦と同じである。勝ち負けというものは、だいたいにおいて戦闘が始まる前に、決まってしまうものなのだ。

後は何が出来る。後は……。考えるのだ、五郎左長秀。

四　同年同月同日　それからしばらくして

清須城、居室における柴田勝家のモノローグ（現代語訳）

なるほど、やはり五郎左は頭が切れるわい。儂にお市様に信孝様。確かにこれ以上のスリーショットはない。すぐにお市様に提案してみよう。あのお方は儂に好意を持っておられる。お願いすれば、必ず聞き入れてくれるはずだ。

しかし、儂はあまりお市様の子たちに好かれていない。それが心配だ。こんなことなら、お嬢さんたちにも何か京土産を買って来るんだった。それにしてもなぜ、儂はお嬢さんたちに人気がないのか。茶々《ちゃちゃ》様も初《はつ》様も、あと一人は誰だったかな。名前を忘れたが、なぜか三人とも、儂の側に寄り付かん。昔からそうだ。このでかい図体のせいか。この髭面がよくないのか。そもそも儂が子供嫌いなのがいかんのか。そう言われても、乳臭いのがどうも好きになれんのだ。そういうところを、子供は敏感に嗅《か》ぎ取るからな。これからはもっと心を開くようにしよう。子供と戯れる姿は、猛将柴田勝家のイメージには合わんが、それも大願成就のため、今は我慢だ。

五　同年同月同日　それからしばらくして
清須城、廊下より庭先を見つめながらの羽柴秀吉の慟哭（現代語訳）

なぜだ、官兵衛。なぜなんだ。なにゆえお市様は親父殿と一緒にいる。しかも娘たちまで。あいつら何をやってるんだ。信孝と親父殿がつるむのは想定内だ。しかしなにもそこにお市様と子供たちまでいることたないだろう！

あの一番背が高いのは茶々様か。その隣の地味な感じのお子がお初様で、ちょろちょろ走り回っているのが末娘のお江《ごう》様。それにしても皆さん、ずいぶんと大きくなられたもんだ。特に茶々様。まだ十歳ちょっとのはずなのに、あの色気はなんだ。お市様にしろお館様にしろ、織田家の血を引く者はみな、鼻が高く、色が白く、美男美女が揃っているが、茶々様はまさにその集大成。まさに美術品のような美しさ。あの腰のあたりの肉付きを見よ。たまらんもんがあるぞ。オレはもちろんお市様が好きだが、これは、あと数年すれば茶々様でもいいかもしれんな。おっと、何を考えているのだ。今は女体の品定めをしている場合ではない。そんなことより、官兵衛、教えてくれ。なんであの三人が集まっているのだ。しかも、まるで家族の団らんのように仲睦まじく庭先を散歩しておる。まったくもって許せんではないか。どういうつもりなのだ。

そうか、奴らはお市様を味方に付けたことをアピールしているのか。信孝側にお市様が付いたという噂は、あっと言う間に城内に広がる。それで会議を優位に進めようという腹か。お市様を政治の道具にするとは、断じて許せん。

官兵衛、これで風向きは一気に向こうに流れたぞ。どうする。我らも早急に何か手を打たなければならん。何か手を。

あ、親父殿がお江様を抱き上げようとして、臑《すね》を蹴られた。かなり痛そうだな。必死に堪《こら》えて笑っているが、目は怒っている。いい気味だ。どうやら子供たちは親父殿に懐いていないご様子。もっと嫌われろ、権六！

ちょっとだけほっとしたわ。

六　同年同月同日　その直後

その秀吉に策を授ける黒田官兵衛（現代語訳）

殿、何も心配することはありません。お市様は織田家のシンボル的存在ではありますが、政治的な力は一切ございません。今、織田家の家臣は皆、怯《おび》えております。柴田様に付くか、羽柴様に付くかで、今後の自分と一族の命運が決まるのです。織田家を託すに相応しいのはどちらか、必死に品定めをしているところ。お市様が柴田側に付くことを表明されたところで、それで心が動くほど、家臣たちも愚かではないと思われます。

お市様は信長様の妹君ではありますが、多少発言力があったとしても、それは信長様が生きている間のこと。今はただの出戻りの年増《としま》の後家ではありませんか。これは失礼、言葉が過ぎました。多少は向こうサイドのイメージアップにはなったかもしれませんが、恐れることはない。

と、心で理解はしていても、なかなか割り切れるものではありませんな。特に殿の場合は、お市様にご執心ときておられる。心中穏やかでないのはよく分かります。

こうしてみてはいかがでしょう。我らも、お市様と同等の人物を味方に付けるのです。お市様と同じように信長様の血縁で、信長様亡き後、織田家の精神的シンボルとなっている人物。

となれば、ただ一人しかおりません。そう、三十郎信包様です。

確かに、三十郎様は変わり者で有名です。ご本人さえその気になれば、信長様の遺志を継いで、織田家を牛耳ることの出来る立場におられたにも拘《かかわ》らず、今は世捨て人のような生活をされておられます。何事につけアクティブだった兄上様とは対照的に、すべてにおいて控えめなご性格で、立身出世を求めず、政《まつりごと》にも一切関心を示さない。今は城の片隅で日がな一日茶の湯を楽しむ酔狂なお方です。しかし、今も信長様の弟たちの中では、もっとも存在感があり、なによりかの信長様が息子たちの次に信頼を寄せていた人物。三十郎様が一度動かれた時の影響力は、相当なものと思ってよいでしょう。それはむしろお市様以上。三十郎様をお味方に付けておくのは、決して悪いことではございません。

実はこのようなこともあろうかと、京より高級茶の湯セットを持って来ております。ぜひそれを手土産に、三十郎様にお会いになることをお勧めします。

七　同年同月同日　それからしばらくのち
清須城、離れ奥座敷において
黙考する織田三十郎信包（現代語訳）

兄信長が太陽であるなら、私は月だった。兄とは九歳違い。桶狭間の戦いの時、私は十八歳だった。お市の夫である浅井長政を小谷《おだに》で滅ぼしてからは、本能寺で兄が死ぬまで、常に私は彼を補佐してきた。兄と違って性格的に前に出る方ではなく、顔つきも地味なので、織田家の中でも決して目立つ方ではなかった。何度か兄の影武者をやったこともある。兄弟なのでそれはある程度似せることは出来た。兄の甲冑《かっちゅう》を着て馬に乗ると、それなりに様になった。しかし、やはりどこか違うのだ。周りによく言われたのが「お館様が寝ている時のお姿に似ている」。私は起きているのに、寝ている兄に似ているというのは、どういうことか。よほど私に覇気というか、相手を威圧する空気感のようなものがないのであろう。

昔から争い事が嫌いであった。誰かと競い合うのが苦手で、そういう局面に立たされた時は、そっと姿を消したものだ。弟たちと兄弟喧嘩になりそうになると、必ず私は腹痛を訴えて、戦線を離脱した。お市は私より四つ下だが、勝ち気な性格だったので、よくあれには叱られた。剣術の稽古《けいこ》をさぼって部屋で本を読んでいたら、そっと入って来たお市に背後から木刀で殴られたこともある。あの時は、さすがに腹は立ったが、それでもお市と喧嘩になる前に私の方から詫びたのを覚えている。

決して平和主義者なのではない。私は自分自身の実力を知っていたのだ。勝てないことが分かっているのに戦うほど、私は無鉄砲ではないだけのこと。負けた時のダメージが想像つく分、戦う気になれないのだ。

兄は、そんな私を結構買ってくれていた。堅実な性格は、兄自身にはなかったもので、賢い兄のことだから、私を側に置くことでバランスを取っていたのかもしれない。戦の時も、また政に関しても、兄は私に意見を求め、私は助言をし、聞き入れられたことはほとんどなかったが、それでも兄は私を手放さなかった。

男の兄弟は全部で十二人いたが、その中で一番兄が頼りにしていたのは、自信を持って私と言えるだろう。京の馬揃えの時は、信忠、信雄に継いで三番目、馬は十騎与えられた。私の後ろが信孝で、やはり十騎。つまり兄は私を、実子と同等に扱ってくれたのである。自分で言うのもなんだが、それだけ私は重要なポジションにいた。そして同時に、それだけ重要なポジションにいても、ほとんど存在感がなかったということは、どれだけ私の影が薄かったかの証明でもある。

しかし、私はそれを誇りに感じている。

兄が本能寺で死んだ時、織田家は終わったと私は思う。織田信長は不世出の英雄である。もっとも身近にいた人間が言うのだから間違いない。兄はすべての権威に立ち向かい、破壊し、その先に新しい時代を切り開こうとした。跡を継げる者など、誰もいない。いるわけがないのだ。そして、信長という存在がこの世から消え去った時、私もまた消えた。兄は太陽であり、私は月であった。月は太陽に比べれば決して目立つ存在ではなかったが、それでも月には月なりに、闇夜を照らす役目があった。しかしそれも太陽の光があってのことである。兄が死んだ今、私はいないも同じだ。

兄の後継者を、信雄にするか信孝にするかで、清須は二分されているらしい。それぞれの後見人は、羽柴秀吉と柴田勝家。それは次の筆頭家老にどちらが付くかの争いでもある。はっきり言って私にはどうでもいいこと。誰が跡を継ごうが、関係ない。何の興味もない。それ以前に、兄の死によって、織田家は実質滅んだも同じなのに、なぜそれに誰も気づかないのだろう。生き馬の目を抜く戦国の世で、兄のいない織田家の存続自体、土台無理なことなのだ。

私は兄の死後、ほとんど表に顔を出していない。政務にも一切口を出さず、城の離れにあるこの居室で、半ば隠遁《いんとん》の毎日を送っている。源五《げんご》（註・弟の長益《ながます》。後の織田有楽斎《うらくさい》）から茶の道を教わり、今はそれに没頭する毎日だ。結構、茶の湯は自分に向いていると思っている。源五からも筋がいいと褒められた。もともと武将には向いていなかったのだ。たまたま織田信長の弟として生まれたために、このような人生を歩んできたが、本来は、閑寂をなによりも愛する男なのである。

ところがだ。隠居同然の我が身ではあるが、「信長の弟」というレッテルの持つ神通力は、どうやら健在のようだ。いや、むしろ兄がいない今の方が、私の存在感は大きくなったらしい。世の中、不思議なことが起こるものだ。

秀吉が私の部屋を訪ねて来たのも、表向きは、山崎の合戦の戦勝報告ではあったが、本音は私を味方に引き込もうという腹だろう。おかしな話だ。兄が生きていた頃は、誰も目もくれなかったのに、今や、私はお市と並ぶ重要人物だ。

秀吉が言いにくそうにしていたので、私の方から切り出してやった。秀吉が信雄を後継者に推すという噂は既に城内の誰もが知っている。なにしろ信雄自身が触れ回っているのだ。早々私の耳にも入っていた。

「信雄を当主に据えた先は、どうするつもりだ」

そう尋ねると、秀吉は核心を突かれたようで、やや動揺した素振りを見せた。床で手を合わせ、ひたすら頭を下げながら、秀吉は答えた。

「むろん、織田家のために、家臣団一丸となって力を尽くす所存です」

口ではそう言うが、私には彼の魂胆が手に取るように分かる。この男は野心家である。己の才覚一つで、ここまでのし上がってきた。兄の死が、彼にとってさらなるワンランクアップのための大きなチャンスであることは間違いない。

「本気でそのようなことを申しておるのか」

「本気でございますとも」

「いや、そうは思わぬ。いずれは織田家を乗っ取るつもりなのであろう。そのためには、当主は信孝よりも愚鈍な信雄の方が、なにかと都合がいいのではないか。違うか秀吉」

「滅相もないことでございます」

「お前の考えることなど、すべてお見通しだ。そんなお前に、織田信長の弟である私が力を貸すと思ったか」

秀吉は床に額がつくほどに、頭を下げ続けた。私の目の前で、秀吉の形の悪い頭頂部が小刻みに揺れている。脂汗がにじんでいるところを見ると、図星だったのであろう。やがて秀吉は、これ以上ここにいても分が悪いと思ったのか、そそくさと立ち上がった。部屋を出て行こうとする秀吉を、私は呼び止めて言った。

「お前の好きにするがいい」

秀吉は驚いたような目で私を見つめた。

「構うことはない。やりたいようにやれ。誰が跡目を継ごうが、誰が筆頭家老になろうが、今の私にはどうでもよいことである」

それが私の本心だった。


秀吉は、私がお茶に凝っているのを知ってか知らずか、いや、当然知ってのことなのだろうが、かなり高そうな茶の湯セットを手土産に持って来ていた。源五と違ってこちらはまだ付け焼き刃。茶碗の善《よ》し悪《あ》しが分かるほど、目は肥えてはいない。後で源五に目利きをしてもらおう。まあ、秀吉に付くかどうかは、それ次第ということにしておこうか。

八　同年同月同日　それからしばらくのち

清須城、廊下を歩きながら状況を分析する柴田勝家（現代語訳）

本会議の前に、急遽、事前の打ち合わせをやることになったのは、五郎左の発案だ。プレ会議というそうだ。儂としては、家臣たちを集めてすぐにでも話をつけたいところだが、五郎左に言わせると、それではいかんらしい。


「どうもよく分からん。五郎左、そのプレ会議というのは、一体、何なのだ」

「全体会議を円滑に進めるためにも、メインの人間だけでプレ会議はやっておいた方がいいのだ」

「メインというと、誰と誰が参加する」

「お前と筑前と私の三人だ」

「ちょっと待て。藤吉郎も呼ぶのか」

「当たり前だ。そもそもこのプレ会議は、筑前の気勢を削《そ》ぐ意味もあるのだ。あいつがいなければ意味がない」

「そこで、何を決める」

「まずは本会議の議長に、私が正式に就任する。その方が、なにかと都合がいいからな」

「なるほど」

「これに関しては、筑前も間違いなく了承するはず。私以外に適任がいないことは彼も分かっている。次に本会議の参加者を厳選する。実はこれが、プレ会議の一番の目的なのだ。今、この清須には織田家の家臣のほとんどが集まっているが、本会議に関しては、出席者を最小限に抑え、全員が集まるのは、次の後継者のお披露目の時だけにするのだ」

「五郎左、それはどうだろう。儂は出来れば、全員がいるところで会議をやりたいぞ。家臣たちの前で秀吉を言い負かし、奴の鼻をへし折りたいのだ」

「そうなればいいが、家臣の中には筑前にすり寄る者も少なくない。それでは逆に筑前が勢いづく恐れがある。奴を孤立させるためにも、会議の出席者は最小限に抑えた方が、我らには好都合なのだ」

「確かに道理だな。で、最小限とは」

「信雄様に信孝様。お前に秀吉に私、そして左近。この六名だ。このうち、左近は我らの盟友ゆえ、秀吉側は信雄様お一人。四対二で圧倒的に我らが有利となる」

「なるほど。しかし、藤吉郎も馬鹿ではないぞ。自分が不利になるのが分かっていて、納得するだろうか」

「だからまず私が議長になっておくのだ。後は議長の采配ということで、秀吉が何と言おうと、強引に決めてしまう」

「プレ会議、面白い。すぐに始めよう。前田玄以に伝えてくる」


五郎左は実に優秀な男である。戦場ではさほど目立った活躍を見せたことはないが、こういった頭脳戦に掛けては、五郎左以上に頼れる男はいない。

プレ会議。まずは緒戦だ。必ず藤吉郎に勝ってみせる。

九　同年同月同日　同時刻

清須城、廊下を歩きながら状況を分析する羽柴秀吉（現代語訳）

前田玄以から、突然プレ会議の報せが届いた。どうせこれも丹羽様の猿知恵だろう。だが親父殿に丹羽様がいるなら、オレには官兵衛がいる。


「向こうの狙いは、何だと思う、官兵衛」

「本会議を円滑に進めるためというのは、もちろん表の理由でしょう。いかにも方便の匂いがします。当然、別の目的があろうかと」

「だからその目的を聞いているのだ」

「殿もお人が悪い。そのようなこと、とうの昔にお分かりのはず。この官兵衛をお試しになられるのですか」


さすがは官兵衛である。オレが試しているのを見抜いたから言うのではない。なぜなら、オレは試してなどいないからだ。オレは本気で聞いたのだ。並の軍師なら、ここですぐさま自分の考えを述べるところだが、官兵衛は違う。決して己の知恵をひけらかすことをしない。それどころか「殿もお人が悪い」などと、オレを持ち上げてみせた。知恵が回り過ぎる軍師は、却って主人に恐れを抱かせるもの。恐れはやがて不信感となることを官兵衛は知っている。それをオレはさすがだと思ったのだ。まあ、見抜いたオレの方が一枚上手だが。

「確かにオレにも察しは付くが、官兵衛、ここは一つ、お前の考えと照らし合わせてみようではないか。申してみよ」

「かしこまりました。まずは向こうの狙いを考えてみましょう。プレ会議とは、本会議の前に決めておかなければならないことを話し合う場です。果たしてそれは何か。一番可能性が高いのは、本会議自体の出席者の選択です。こればかりは、本会議が始まってからでは決められませんからな。柴田様は、いえ、この場合は丹羽様と言うべきでしょうが、本会議の出席者を絞り込むおつもりなのではないでしょうか。殿のお考えはいかがですか」

「オレもそれを考えていた」

「やはりそうでしたか。少しでも会議を優位に進めるために、彼らは出席者を自分たちの派閥で固めようとするはず」

「それに対してオレはどう出ればよい」

「これまたお人が悪い。殿にはもう対抗策がおありなのではないですか」

「まあ、ないことはないが、ここはお前の意見が聞いてみたい」

「もちろん秘策がございます」

「よし、オレの秘策と照らし合わせてみようか。申してみよ」

そしてオレは官兵衛から秘策を聞き出した。それを持って今、プレ会議の席へ向かっている。まずは緒戦。落とすわけにはいかない。

十　同年同月同日　夕刻

前田玄以による、プレ会議議事録（現代語訳）

本日六月二十五日の夕刻、本会議に先立ちまして、柴田勝家様、丹羽長秀様、羽柴秀吉様によるプレ会議が開かれました。あまり堅苦しい雰囲気にしたくないという柴田様のご提案を受け、私前田玄以の発案で、会場は清須城からほど近い五条川。私の命で、河原には緋毛《ひもう》氈《せん》を敷き、直射日光を遮るために巨大な傘を設置。まるで夕涼みを思わせる、和気あいあいとした雰囲気の中で、会議は始まりました。

最初に話し合われたのは、本会議における議長を誰にするかということでした。これは柴田様が丹羽様をご推挙され、丹羽様が快く了承、羽柴様も異議なしということで、丹羽長秀様に決定いたしました。名実共に織田家の中心とも言うべき丹羽様を措いて、会議を仕切れる者はいないという、柴田様のお言葉が印象に残っております。

次に話し合われたのが、本会議の出席者についてでした。柴田様は、船頭多くして船、山に登る、の譬《たと》えを出され、

「無闇に多くの家臣を揃えると、それだけ意見も分かれ、時間が掛かって仕方がない。大事な案件に関しては、代表の者たちだけで決めるのがいいだろう」

とおっしゃいました。しかし、それに対して羽柴様が異を唱えられ、

「それでは何のために家臣たちを呼び集めたのか分からない。後継者の決定のような重大事を、密室で決めるのは間違っている。もっと開かれた政治をするべきではないか」

と熱くご意見を述べられました。すると丹羽様が、まあまあと間に入られ、

「今、もっとも優先すべきは、一刻も早く次の当主を決めることである。空白の時間が長ければ長いほど、近隣諸国の大名たちに付け入る隙《すき》を与えてしまう。織田家存亡の危機であることを考えれば、会議は短い方がいい。我ら代表者だけで話し合い、決定事項のみを家臣に報告するという形にしようではないか」

とおっしゃいました。さすが議長の貫禄と申しますか、これにはさすがの羽柴様も言葉がありませんでした。

柴田様が会議の出席者として、織田信雄様、織田信孝様、柴田様、丹羽様、滝川様、羽柴様の名前を挙げられました。妥当なところだとこれに丹羽様が賛同、これでスムーズに決まるかと思われましたが、ここで羽柴様がまた異論を唱えられました。

「滝川様が入っているのは解せません。滝川様は、関東で北条の軍勢に足止めを食らい、お館様の弔い合戦には参加しておりません。それどころか、今もなお、関東で交戦状態。この清須にも辿《たど》り着いていないではありませんか。言いたくはないが、滝川様には会議に参加する資格はない」

「無礼だぞ、藤吉郎」

柴田様は真っ赤な顔で反論されました。それも当然のことでしょう。滝川様と柴田様は、長年、共に戦場で戦った同志なのですから。これはいささか羽柴様も勇み足。柴田様は続けます。

「左近は儂や五郎左と並ぶ最古参の家老だ。そしてお館様がもっとも信頼されていた五宿老の一人でもある。後継者を決める大事な会議に、左近抜きというのはあり得ない」

「では柴田様にお伺いします。滝川様が到着されるまで、会議は開かないおつもりですか」

「既に関東は発《た》ったという報せが入った。もうまもなくこちらに到着するはずである」

「先ほど、丹羽様がおっしゃった言葉をお忘れですか。今、もっとも優先すべきは、一刻も早く次の当主を決めることではないのですか。滝川様を待っている余裕などない。いかがですか、丹羽様」

羽柴様からそう問われ、議長の丹羽様はしばしお考えになられてから、こうお答えになりました。

「では筑前。お前は、左近を抜いた五人で話し合おうと言うのか。そうなると当事者の信雄様と信孝様を除けば、宿老は三人だけになる。さすがに事を決めるには少な過ぎるのではないか」

「ですから、新たにもう一人加えるべきと考えます」

「例えば誰だ」

そして秀吉様は、じっくり人々を見渡して、こうおっしゃったのです。

「池田《いけだ》恒興《つねおき》（註・勝三郎《かつさぶろう》）様にございます」

それを聞いて柴田様と丹羽様は思わず顔を見合わせました。それだけ意外な名前だったからでしょう。池田恒興様は、信長公の乳兄弟《ちきょうだい》のお方でございます。

「筑前、本気で申しているのか」

「本気でございます、議長。池田恒興様は、山崎の弔い合戦にも兵を出しておられます。池田様は会議に出席する資格をお持ちだと考えますが」

「では勝三郎を宿老に加えるというのか」

「五宿老は、もともとお館様が決められたこと。制度化されてはいませんが、それを崩すのはお館様の遺志に背くことにもなります。明智光秀が滅んだ今、一人欠員が出ております。となればすぐにでも補充するのが筋。その時、池田恒興様ほど相応しい人はおられません。そうすれば、滝川様の到着を待たなくても、五宿老のうちの四人が清須に揃ったことになり、十分話し合いは出来るはず」

　これには、丹羽様も柴田様もすぐに反論出来ず、しばらく沈黙が続きました。やがて痺れを切らした秀吉様が一言。

「いかがでしょうか、ご両人。ご返答願いたい」

「なるほど、お前の言い分は分かった」

　と柴田様。

「確かにお館様は生前『これからも五人の宿老で織田家を守り立ててくれ』とよくおっしゃっていた。明智の代わりに勝三郎を宿老にすることは、やぶさかではない。だが、それと左近を待つかどうかは別問題だ。滝川左近は、織田家にとってなくてはならぬ男。会議は左近の到着を待って始めるべきである」

「いつ来るかも分からぬ人間を待つと言うのですか。その間に隣国が攻めて来たらどうするのです」

「左近はまもなく到着するっ」

「そもそも小田原攻めは負け戦続きと聞きます。すべては総大将の滝川様の責任。申し訳ないが、今の滝川様は、織田家の行く末を決める立場にはおられない」

「口を慎め、小僧」

羽柴様のお言葉がよほど気に入らなかったご様子。いきなり立ち上がった柴田様が羽柴様に摑みかかりました。慌てて私が止めに入らなければ、その場で殴り合いになっていたことでしょう。私を間に挟んで、お二人はしばらくそのまま睨《にら》み合っていました。

その時、人々の背後から「待った」の声が。

皆様、一斉に振り返ると、そこには三十郎信包様が立っておられました。

「何を騒いでおる」

三十郎様は釣り竿を持っておいででした。信長公が亡くなってからあまり表舞台にはお出にならない三十郎様ですが、その日は釣りをしに五条の河原までやって来られたのでした。三十郎様の登場にさすがの柴田様もおとなしくなられました。三十郎様の端整なお顔立ちに、信長公の面影をご覧になったのかもしれません。

丹羽様から事の次第を聞いた三十郎様は、一言こうおっしゃいました。

「一日も早く、兄上の跡継ぎを決めるように」

とにかく信長公がいらっしゃった頃は、その陰に隠れてむしろ目立たない存在であった三十郎様ですが、そのお姿は、まるで信長公が生まれ変わったような迫力に満ち溢れておられました。

それだけ言い残して、三十郎様は去って行かれました。私たちは、それを直立不動で見送りました。三十郎様は、私たちから百メートルほど上流に行ったところに腰を下ろすと、悠然と釣りを始められました。

「三十郎様のお言葉は、重く受け止めなければならない」

そうおっしゃったのは丹羽様でした。そして柴田様と羽柴様を前に、丹羽様はこう続けられたのです。

「左近に関しては、せっかくこちらへ向かっているのだから、あと一日だけ待ってみようではないか。もしそれでも到着しなければ、明後日の朝、池田恒興を加えた六人で本会議を開くというのはどうだろう」

丹羽議長の見事な采配に、羽柴様も納得されたようでございました。

「異存はありません」

「権六もそれでいいな」

柴田様は忸怩たる思いがまだ残っていらっしゃるようでした。しかし丹羽様が何かを耳元で囁《ささや》かれると、柴田様はしぶしぶ承知されたご様子でした。

「異存はありません」

「では、これをもって散会とする」

こうしてプレ会議は丹羽様のお言葉をもって、無事終了となりました。結局は、三十郎様の存在の大きさを確認したプレ会議でございました。

十一　同年同月同日　夜

清須城、廊下にて。

移動しながらの羽柴秀吉のモノローグ（現代語訳）

思い通りに事が運ぶのは、気持ちがいいものだ。まんまと池田恒興を宿老に昇格させることが出来た。秘策が成功したわけだ。池田は、武将としても人間としても二流の男だが、世渡りの才覚だけはある。損得勘定で動く男なので、決して油断は出来ないが、こういうタイプは、ある意味扱いやすいとも言える。いい思いさえさせておけば、決して裏切ることがないからだ。奴に目をつけた官兵衛はやはりさすがだ。オレの推薦で宿老になったことが、本人の耳に入れば、池田は間違いなくオレにすり寄ってくる。あまり好きなタイプの男ではないが、背に腹はかえられない。しばらくは仲良くしておくことにしよう。

十二　同年同月同日　同時刻

清須城、廊下にて。
移動しながらの丹羽長秀のモノローグ（現代語訳）

まさか筑前が池田勝三郎の名前を出すとは思わなかった。あの男は、それほど筑前に近い存在でもなかったので、まったくのノーマークであった。確かに池田は損得勘定で動く男だから、かえって与《くみ》し易い相手とも言える。お館様の乳兄弟ということもあり、宿老となっても異を唱える人間は少ない。

しかしこれで宿老となった池田が、恩を売った筑前側に付くと、少々面倒臭いことになる。ここは強引な手を使ってでも、それを阻止するしかないだろう。

筑前は、こちら側が本会議のメンバーを厳選すると知って、慌てて池田を宿老にすることとを思いついたに違いない。そうでなければもっと早く提案していたはずだ。池田が清須に到着したのは今日の昼過ぎと聞いた。ということは、筑前はまだ池田とは直接会って話をしていないと見た。ここは大至急、権六に池田を呼び出させよう。筑前よりも先に、権六に「宿老に推挙したのは自分だ」と言わせるのだ。池田は権六に感謝し、当然会議ではこちら側に付くことになる。むろん、いずれ筑前は池田と会って「本当は推挙したのは私だ」と言うだろうが、こういったものは、最初に聞いた情報の方がインパクトが強い。どうしても後の方が嘘に聞こえるもの。先に言ったもん勝ちなのである。汚い手だが、それしかない。

十二　同年同月同日　同時刻

清須城、廊下にて。
移動しながらの羽柴秀吉のモノローグ（現代語訳）

そして滝川一益を待たずして、会議を開くことになったのも収穫だ。これで敵が一人減って、ますますやりやすくなった。後は、一益が明後日までに清須に到着しないように、官兵衛に言って、街道に刺客を張り込ませるだけだ。何も殺す必要はない。城に入るのを一日遅らせればいいだけの話だ。

　三十郎様の登場は予想外だったが、どうやら茶の湯セットが効いたようだ。恐らく長益様あたりにお尋ねになって、価値を知ったのだろう。あれで流れがこっちに傾いた。もっとも三十郎様がお出でにならなくても、親父殿をやり込める自信はあったが、お蔭で事が早く片付いた。なにより三十郎様がこちら側に付いたことが嬉しいではないか。

　これで我らは信雄にオレに池田、向こうは信孝に親父殿に丹羽様、数の上では、互角だ。そしてこちらには三十郎様が付き、向こうには、悔しいがお市様が付く。どうやら最高の形で本会議を迎えられそうだな。

十四　同年同月同日　同時刻

清須城、廊下にて。

移動しながらの丹羽長秀のモノローグ（現代語訳）

　それにしても気になるのが、三十郎様の動向だ。なぜあの時、河原におられたのだろう。

あれは偶然なのだろうか。それとも会議の様子を見に来られたのか。あまりそういうことをされる方ではないので、不思議に感じたのだ。結果的に三十郎様の一言は、筑前の後押しをする形になった。ひょっとして、筑前と裏でつるんでいたとしたら？

こちらも、すぐに探りを入れることにしよう。

十五　同年同月同日　その夜遅く

清須城、居室にて。

一人晩酌しながらの柴田勝家のモノローグ（現代語訳）

池田勝三郎を部屋に呼びつけたのは、五郎左に言われたからで、本意ではない。儂は本来はそうした狡《ずる》い真似は好きではないのだ。勝三郎を推挙したのは藤吉郎である。しかし長秀は、それを儂がやったことにしろと言う。嘘をつくのは嫌いだが、五郎左がどうしてもと言うので、しぶしぶ従うことにした。

池田勝三郎は、損得勘定で動く食えん男だ。昔からあまり好きではなかった。なにかと言えば、お館様の乳兄弟であることを鼻にかけ、偉そうに振る舞う。それほど戦上手でもないくせに、態度だけは大きい。山崎の合戦でも、明智勢を相手に苦戦したらしいではないか。なぜそんな男と酒を酌み交わさなければならんのだ。しかしこれも信孝様に織田家を継いでもらうため。ぐっと堪えて、勝三郎に会ったわけである。

相変わらず、落ち着きのない目をしていた。勝三郎は昔からそうだ。なぜあれほどに挙動不審なのか。図体はでかいのに貫禄が感じられないのは、いつも目が泳いでいるからだ。だから小者に見えるのだ。

勝三郎は、なぜ自分が呼ばれたか不思議そうにしていた。明智の代わりに宿老に選ばれたことを伝えてやると、勝三郎は、まったく予想していなかったのか、口をあんぐりと開けたまま、固まってしまった。

「この儂が推薦してやったのだ。ありがたいと思え」

そう言うと、奴は深々と頭を下げ、

「このご恩、生涯忘れません。今後も織田家のために身命を賭《と》して働きます」

と答えた。勝三郎なりに真剣な気持ちで言ったのだろうが、どこか胡散臭《うさんくさ》く感じるのは、やはり目が泳いでいるせいだ。やはりこの男は好きになれん。しかしこれで本会議では、儂に味方するのは間違いない。

勝三郎は、上機嫌で帰って行った。

しかし、今日のなんとか会議は、未だに納得がいかん。勝三郎の件はいいのだ。奴が宿老になることに異論はない。しかも儂の側に付くとなれば願ったりだ。儂が怒っているのは、そのことではない。そう、左近の件だ。左近をはずすというのは、どういうことだ。到底、儂は理解出来ん。あの場では五郎左に言われてしぶしぶ折れたが、左近は儂にとっては、長年の友。あいつ抜きで織田家の後継者を決めるなんて、あってはならぬこと。しかも今、小田原の戦を切り上げて、こっちへ向かっているというではないか。なぜ待ってやらんのだ。もし明日までに辿り着けず、戻って来た時、既に会議が終わっていたら、どれだけ悔しがるか。

左近、どうか間に合ってくれ！

む、誰か来たぞ。こんな時間に何の用だろう。おや、お市様の使いの者ではないか。どきどきする。

十六　同年同月同日　同時刻

清須城、居室にて。

新宿老池田勝三郎恒興のモノローグ（現代語訳）

確かに俺は損得勘定で動く男だ。信長公の乳兄弟であることを鼻にかけ、殊更、偉そうに振る舞ってきた。だから敵も多い。でも構いはしない、俺は俺だから。

これは声を大にして言いたいが、俺はただの乳兄弟じゃない。俺の母ちゃんは信長公の乳母で、信長公も俺も同じおっぱいを飲んで育ったわけで、それでまあ、乳兄弟なんだが、その後、母ちゃんは、織田信秀公、つまり信長公の親父さんと、いい仲になって、側室になってるんだ。ということは、俺は信長公とは義兄弟でもあるんだな。そこを皆、忘れないで欲しいんだ。

信長公には、子供の頃から目をかけてもらってきた。俺は武将としてはさほど優れているわけではない。戦だってそんなにうまくはないし、人望だって厚くはない。そんなことは分かっている。それでもここまで生き延びてこられたのは、もちろん信長公の乳兄弟ってこともあるけど、それだけじゃない。世の中そんなに甘くはねえさ。俺にはな、誰にも負けない才能があるんだ。勝ち馬に乗るっていう才能が。強い奴の匂いを嗅ぎ分け、俺はいつもそいつの側に付く。子供の頃からそうだった。信長公とは歳もあまり離れていなかったので、小さい頃、よく遊んだ。家来衆の子供たちと一緒に隠れんぼをやった。信長公は鬼が好きで、いつも好んで鬼の役をやった。その時俺は、他の子供たちが隠れている場所を信長公に密告する役割だった。三歳の頃からそんなことをやっていた。信長公と弟の信勝公が対立し、織田家が二つに割れた時も、俺は持ち前の嗅覚《きゅうかく》で、信長公に付いた。本能寺の変の時も、俺には明智が天下を取るとはどうしても思えなかったので、下手に動かず、秀吉の軍が来るのを待ってそれに合流した。俺には分かるんだ。風がどこから吹いてきているか。天が誰に味方をしているかがさ。

しかし今回ばかりは難しい。清須で織田家の今後を左右する重大な会議があると聞いた時、もちろんそれは最終的に、柴田勝家と羽柴秀吉の対決になることは想像がついたが、果たしてどちらに分があるか。伝統の勝家か、勢いの秀吉か。

俺が一日遅れて城に着いたのは、そういうわけがあったんだ。会議も佳境に入って大勢がもう少しはっきりしたところに現れて、どっちに付くか決めようと思っていたわけだ。ところが、滝川の爺さんが到着してないってことで、会議はまだ始まってもいなかった。

当てがはずれたと思っていた矢先、前田玄以が、終わったばかりのプレ会議の結果を持って俺のところへやって来た。それによれば、秀吉が俺を宿老に推挙したというではないか。驚いたね。なんで俺なんだ。まあ、じゃあ他に誰がいるっていう話だけどな。もちろん俺は血筋的にも立場的にも、ベストだと思う。でも、正直言って、俺自身、そんなこと考えてもいなかったから、これにはまじでひっくり返った。

はっきり言って秀吉とは何の接点もない。俺は、成り上がり者のあいつが苦手だ。草履取りの頃から知っているが、あれよあれよという間に、俺を飛び越えて行きやがった。そんな野郎、好きになりようがないだろう。奴も俺を避けている節があって、そりゃ、織田家の中じゃ俺が先輩なわけで、話しづらいのも分かる。山崎の合戦では共に轡《くつわ》を並べたが、その時だってほとんど会話らしい会話はしなかった。その秀吉が、俺を宿老に推薦したという。もちろん即答でお受けしましたよ。当然、秀吉には、秀吉なりの計算があるんだろう。俺に恩を売っておきたかったんじゃねえか。でも俺にしてみれば、嫌な気はしないよ。当然だろう、これで俺は織田家家老の五本の指に入ったわけだから。俺にしてみれば大出世だ。

てなわけで、俺は宿老となり、明後日の本会議にも出ることになった。世の中、何が起こるか本当に分からないね。秀吉は、俺が会議の席上で味方することを期待しているはずだ。でもね、秀吉さんよ、俺を甘く見ちゃいけないよ。俺は望んで宿老にしてもらったわけじゃない。今回は、お前さんが勝手に推挙したんだ。こっちから頼んで宿老にしてもらったんなら、あんたには恩がある。俺だって義理人情は心得ているさ。会議で意見が割れた時は、あんたに味方しようじゃねえか。でもな、俺はなりたいなんて一言も言ってねえんだ。だから恩に感じる必要なんて、これっぽっちもないんだよ。

面白いことに、その後、柴田の親父に呼び出された。奴は、宿老に推挙したのは自分だと、ぬけぬけと言いやがった。有能な前田玄以がいち早く伝えてくれているのを、親父殿は知らなかったんだな。とりあえず、柴田の親父の前では、初めて聞くふりをし、嘘にも乗っかってやったぜ。俺も人が悪いよな。

それにしても面白くなってきた。実のところ、俺はまだ、どちらに付くか決めていない。もし秀吉派と勝家派があるとするなら、俺は池田恒興派だ。俺がどっちに付くかで、流れが決まる。どうやらこの池田恒興が、清須会議のキーパーソンになったようだ。こうなったら、会議の様子をじっくり観察させてもらって、身の振り方を決めることにするよ。

とりあえずは、そうだな、まずは秀吉のところへ挨拶にでも行ってくるか。親父殿に呼ばれたことは、いずれ秀吉の耳にも入る。敵側に付いたと思われても困るから、しばらくは両方にいい顔をしておくに限るって寸法さ。これが俺の生き方ってわけだ。

俺はナンバー1になるつもりはない。その器でもない。ナンバー2ですらない。それは俺自身がよく分かっている。俺はその下でいい。その下の下で構わない。でもその分、長生きさせてもらうよ。

今のうちに言っておく、柴田勝家さんに、羽柴秀吉さんよ。俺が最後に味方した方が、間違いなく清須会議の勝者だから。せいぜい、俺を大事にすることだな。

十七　同年同月同日　同時刻

清須城、居室にて。
丹羽長秀のモノローグ（現代語訳）

なるほど。調べたところでは、やはり筑前は三十郎様のところへ出向いているようだ。そして京土産の茶の湯セットを渡している。三十郎様はそれを弟の源五様のところへ持って行き、目利きをして貰っている。どうやら三十郎様、それで筑前に釣られてしまったようだ。筑前守秀吉、油断も隙もない男だ。だが心配はいらない。こちらにはお市様が付いている。

十八　同年同月同日　同時刻

清須城、居室にて。
柴田勝家のモノローグ（現代語訳）

まさかお市様から呼び出しを受けるとは思わなかった。それにしてもこれから会いたいとは、どういうことだろう。こんな夜更けに、儂に何の用があるというのだ。もしかしたら、今日の会議のことが耳に入って、お怒りなのではないだろうか。嫌だな、叱られるのは。いくつになっても叱られるのは苦手だ。確かに今日のところは、藤吉郎有利に終わった。しかし、まだ序の口である。明後日の本会議では、必ず奴に一矢報いてやる。左近も戻って来ればば、断然我らの側が優位なのだから。だから頼む、左近、早く帰って来てくれよ。

とりあえずお市様のところへ行ってこよう。髭の手入れだけでもしていくか。

十九　同年同月同日　深夜

清須城、居室にて。
今宵のことを振り返るお市の方（現代語訳）

勝家は、私に呼び出されて、ずいぶん怯えていたわ。私と信孝が二人揃って待ち構えていたから、さすがに緊張していたみたい。怒られると思ったらしいわね。まあ、当然でしょう。今日のプレ会議の結果を前田玄以から聞いて、私も呆《あき》れてしまった。若い家来に人気が高い秀吉にイニシアチブを取られないよう、本会議のメンバーを極力少なくする作戦は、大変素晴らしいと思いました。でも結果はどうよ。勝家派の滝川一益がはじかれて、なんでよりによって、損得勘定の池田恒興が宿老になるわけ？　全部、秀吉のいいように事が進んでるじゃない。

信孝もその話を聞いて、とても不安になったみたいで、それで私のところへ相談に来たの。だから勝家を呼んで、激励することにしたの。

愚かな勝家は、池田恒興に「推挙したのは自分だ」と嘘をついたらしい。いたく感激していましたと、彼は得意げに言ったわ。馬鹿じゃないの。あの男はね、とっくに玄以から聞かされて、自分を推挙したのは秀吉だって知っていたのよ。騙されていたのはどっち。そのことを話してやったら、爺さん、頭を抱えていた。ショックのあまり、一気に老け込んだ感じだったわ。

三十郎兄さんの件だってそう。普通に考えれば分かること。あの人が政治に口を挟むわけがないでしょ。秀吉とつるんでいるのは、間違いない。釣りに来たように見せかけて、さり気なく秀吉を助けたのよ。だいたい兄さんが釣りをしているところなんて見たことない。それも話してやったら、勝家はますます落ち込んで、すっかり小さくなっちゃった。

信孝は、あの子にしてみれば珍しく感情的になっていた。

「私は信雄兄には負けたくないのです」

あの子が語気を荒らげるところ、初めて見たような気がする。それだけ本気だってこと。信孝は本気で織田家の当主になるつもりでいるわ。

信孝が出て行った後も、勝家はしばらく私の前で落ち込んでいた。

「今の信孝を見て分かったでしょう。あの子はやる気なんです。もはや後には引けませんよ」

そう言っても、勝家は立ち直る気配が見えなかった。今日のことがよほどショックだったらしい。どれだけナイーブな爺さんなのよ。

仕方ないから、私は勝家の背後に回り、背中から腕を回して抱き締めてやった。どんなに浅はかでも、どんなに汗臭くても、今の私は彼に頼るしかない。憎き秀吉に一矢報いるには、勝家の力を借りるしかないの。だから彼の背中に身体を密着させ、臭いを我慢しながら、暑苦しいうなじに、そっと息を吹きかけたの。勝家が全身の筋肉を硬直させるのが分かった。

「これ以上、秀吉の思い通りにさせてはなりません」

勝家の耳元で囁いてやった。勝家は背中で小さく頷いたわ。

「頼りにしているのですよ、勝家」

勝家は泣いているようだった。私は、だめ押しで奥の手を使うことにした。なんとかここはこの老人に奮い立ってもらわなければならない。このままでは織田家は秀吉のものになってしまう。それだけは避けなければ。そのためなら私は何でもする。私は、くるりと勝家の前に回り込むと、彼の手を取って言った。

「お慕いしております」

そしてその腕を自分の胸に当てたの。

「勝家と夫婦になりたい」

老人は真っ赤になり、そして哀れなほどに震えていた。

「本気でおっしゃっているのですか」

「もちろんです。私たちが夫婦になれば、そなたは信長公の義理の弟。名実共に織田家の中心となります。もはや秀吉の出る幕はない。あいつを追い落とし、二人で織田家を守っていきましょう」

勝家は黙って、もう一度しっかりと頷いてみせた。勝家の男の部分が首をもたげたらどうしようかと、一瞬心配になった。でも、そこは勝家も礼儀はわきまえていた。本当は、さぞ私を押し倒したかったことでしょう。でも彼は我慢した。そこは立派だったわ、褒めてあげる。

「ご安心下さい。必ずや、秀吉には勝ってみせます」

勝家が部屋を出て行った後、私は身体についた老人の臭いを消すために部屋中に香を焚《た》き、その中でしばらく時を過ごした。

これで勝家に火がついた。彼には悪いけど、もちろん私は本気で一緒になるつもりはありません。当然でしょう。なんで私がよりによって、あんな死に損ないのところへ、嫁がなければならないの。私はあの織田信長の妹で、近江の大名浅井長政の妻です。身の程を知りなさい、柴田権六。

でももうしばらくは、あの老人に夢を見させてあげることにしましょう。そう、この会議が終わり、秀吉が清須を追われる日までは。

二十　同年同月同日　同時刻

清須城、居室にて。柴田勝家の一言（現代語訳）

今夜は眠れそうもない。

二十一　秀吉の妻、寧の日記。続き（現代語訳）

今夜は大忙しだった。まずは池田勝三郎さんが藤吉郎を訪ねて、宿泊先の西覚寺までやって来た。信長公の乳兄弟で、損得勘定で動くので有名な人だ。夫はまだお城から帰ってなかったので、しばらく大広間で待ってもらう。勝三郎さんのことは昔からよく知っているが、未だにどうも馴染《なじ》めない。もっと堂々としていればいいのにといつも思う。いや、堂々と振る舞ってはいるのだが、なぜか目が泳いでいる。貧乏揺すりもしょっちゅうしている。よほど自分に自信がないのだろう。やがて藤吉郎が戻って来た。夫と勝三郎さんはその場でなにやら話し始めた。詳しくは分からなかったが、勝三郎さんは、とても夫に感謝している様子だった。でも目が泳いでいるので、もう一つ気持ちが伝わってこない。損な性格だと思った。

勝三郎さんが帰ると、入れ替わりに沢山のお侍さんがやって来た。皆さん、城で働く下級武士の人たちだった。どうやら藤吉郎が招待したらしい。やがて大広間で宴会が始まった。私はその接待係。料理を作り、酒を買いに走り、飲めと言われれば、一緒に飲み、踊れと言われれば、率先して踊った。

昔もこんな感じだった。藤吉郎はなにかと言うと、家に人を連れて来ては、朝まで騒いだ。最初はただの酒好き、遊び好きだと思っていたが、次第にそうではないことが分かってきた。藤吉郎は、そうやって人の心を掴み、情報を集めていたのだ。

夫は本来暗い人間である。生まれながらに右手に障害を持っていたこともあり、本人の話では、子供の時は、人と交わるのが苦手だったそうだ。でも、出世には人脈作りが欠かせないことを知った藤吉郎は、ある時一念発起し、それ以来、見違えるように明るくなった。藤吉郎は必死に社交的になろうと努力し、自分を変えたのだ。だから彼の明るさには、無理がある。それが私には分かる。どんなにはしゃいでも、それが本来の姿ではないことを私は知っている。酒の席の彼を見ていて、たまに胸が苦しくなるのはそのせいだ。だから私も出来るだけお手伝いしたいと思う。お酒の席を盛り上げるのが、私の役目だ。

今も夫は、ただ皆と飲んで騒いでいるのではないのだ。これがあの人の戦なのだ。こうして人々の心を虜にしていくのだ。ここにいる人たちは、直接会議とは関係のない人たちだ。でも藤吉郎は知っている。大衆の人気を摑んだ者が、時代を動かすということを。

私は、自分が呼ばれた理由がようやく分かったような気がした。

三日目

一　天正十年六月二十六日　早朝

駿河、大井川を望む土手。

滝川左近将監一益、焦りのモノローグ（現代語訳）

ちくしょう、なんで俺はこんなところにいるんだ。織田家の当主を決める大事な会議があるというのに、まったく！

すっかり道に迷ってしまった。忍者出身の俺ともあろう男が、何たるざまだ。とは言っても、俺が忍者だったのは十代の頃さ。今は腰痛と五十肩に悩まされる、しがないおっさんだ。若い頃に覚えた様々な術も、今はすっかりどっか行っちゃった。昨夜《ゆうべ》も野宿をした時、食べられる葉っぱと食べられない葉っぱの区別が分からなくなり、結局、一晩中腹を下したよ。

織田の四天王とまで言われた俺が、情けない。なんでこんなとこでさまよっているんだ。あ、言っておくけど、五宿老とか、五大将とか、みんな言ってるけど、あれ、間違いだから。

本来は四天王だったんだ。柴田勝家と丹羽長秀と明智光秀と俺で四天王。それに藤吉郎が自分を加えて、勝手に五人にしちまったんだ。まあ、どっちにしてもお館様が考えたことじゃないからね。言わば、俺たちの自己満足さ。

武田を滅ぼしたまでは良かったんだよ。信濃《しなの》と甲斐と駿河《するが》と上野《こうずけ》を制圧して、俺は信濃と上野を与えられた。しかもお館様は、俺に関東八州の警護を命じたんだ。名誉なことだよ。言ってみれば「関東管領《かんとうかんれい》」みたいなもんだから。

でもな、考えてみれば、あれが俺の人生のピークだった。

お館様が本能寺で亡くなって、そのニュースが全国に伝わると、いきなり北条氏の奴らが攻めて来やがった。藤吉郎はうまく毛利を騙して京へ退却したらしいが、俺、そういうの苦手だから、あっと言う間に北条軍に囲まれちまったわけさ。こっちはお館様が亡くなったショックで、俺だけじゃない、兵士たちもみんな、シュンとなってるんだ。とても戦なんて気分じゃないんだよ。そこに奴らつけ入りやがって、血も涙もねえって話だ。まあ、戦ってのはそんなもんだし、俺だって、逆の立場なら同じことをしてたと思うけどさ。

とにかくこっちはハナから戦をする気分じゃないから、結局、大負けだよ。味方は散り散り。俺は一時は討ち死にも覚悟した。でもやっぱり清須の会議には出たいじゃねえか。今は敗軍の将だが、清須に戻れば、権六もいる。五郎左もいる。あんまり好きじゃねえが、藤吉郎もいる。もう一度軍勢を立て直して、お館様の悲願であった天下統一を成し遂げるんだ。それだけを夢見て、俺は敵の追撃をかわしながら、こうして、清須へ向かってるっていうわけだ。最初は家来もいたが、一人減り二人減りで、今は俺だけだ。でもな、必ず清須に戻ってみせる。会議に出席してみせる。俺は滝川一益。あの織田信長様と共に戦った四天王の一人だ。だから、皆、待ってろよ！

ちくしょう、この川はなんだ、ずいぶん広いな。ひょっとして大井川か。ええい、泳いで渡っちまえ。

二「大猪村騒動記」作　前田玄以（現代語訳）

（これは、天正十年六月二十六日に行なわれた「第一回丹羽長秀杯夏のイノシシ狩り」の模様を、様々な証言を基に、私、前田玄以が再構成したものです）

そもそもこの企画が持ち上がったのは、五宿老の一人であられる滝川一益様のご到着が遅れ、会議のスケジュールが延びたからでございます。昨日のプレ会議におきまして、あと一日だけ到着を待って、それでも滝川様がお見えにならない場合は、明日、本会議を開催することになりました。

そのために今日二十六日がまるまる空いてしまいました。「一日何もせずに過ごすのは、いかにももったいない。せっかく懐かしい顔ぶれが揃ったのだから、イノシシ狩りでもやって、皆で楽しもうではないか」という羽柴秀吉様の御発言を受けまして、この私、前田玄以が企画、今回のイベント実現の運びとなった次第です。

参加者は、織田信雄様、信孝様のご兄弟、柴田勝家様、丹羽長秀様、羽柴秀吉様、池田恒興様、前田利家様の七名。これに私、前田玄以が加わり、さらにそれぞれ従者が付きますので総勢約三十名。日の出を待って、清須城正面に集まった一行は、馬に乗って移動、昼前に養老山のふもとにある、大猪村に到着いたしました。ここは、イノシシの出る場所として有名で、織田信長公もお若い頃はよくこのあたりで、イノシシ狩りを楽しまれたものでございます。

一行は二つのチームに分けられました。

赤組。大将に織田信雄様。副将に羽柴秀吉様。参謀に池田恒興様。

白組。大将に織田信孝様。副将に柴田勝家様。参謀に前田利家様。

図らずも、次期織田家当主候補と言われるお二方と、それぞれの後見人に分かれる形になりました。しかしこれに関しては裏がございます。実は当日の朝、私は柴田勝家様に呼ばれまして、「これは信孝様の優秀なところを見せる、大変良い機会なので、織田のご兄弟が競い合う形で行ないたい、ついてはそれぞれがリーダーとなる二チーム制にするように」と命じられたのです。ですから「図らず」どころか、最初から意図的なチーム分けだったのでございます。

最初は、信孝様のチームに丹羽様もいらっしゃったのですが、事前にメンバー表をご覧になられた丹羽様が、「自分は確かに信孝様に近い人間ではあるが、一応、議長という中立の立場にいる。今回は立会人という形を取らせてもらいたい」と、参加を辞退。そこで急遽、柴田様の与力であられる前田利家様が、代わりに加わることになったのです。

村のはずれにある古い寺を本陣と見立て、そこに丹羽様が待機。紅組は山の北側斜面に、白組は山の南側斜面に、それぞれ陣を敷きました。

一方、私が率いる別動隊は山の中腹に向かいました。山中でイノシシを見つけるのが、私の役目でございます。

ちなみに、イノシシ狩りの方法を簡単にご説明いたしますと、まず山へ入った私ども「追い立て隊」が、イノシシの寝場所を見つけ、盛大に鳴りものを鳴らして、イノシシを追い出します。そのままふもとまで追い立てていき、待ち受けていた本隊が、矢を放ち、仕留めるといった次第。

昼過ぎ、私のホラ貝の合図で、いよいよ狩りが始まりました。

緊張が高まる中、まず私ども前田隊によりイノシシ探しが開始されました。イノシシは起きるのが遅いので、この時間だとまだ巣の中で寝ていることが多いのです。しかし、いくらイノシシの里とは言え、そう簡単に見つかるものではありません。せっかくのイベントなのに、最後まで見つからなければ、興ざめもいいところ。というわけで、白状しますと、私は昨日の夜のうちに山に入り、既に一頭の雄のイノシシを捕獲。設置した檻《おり》の中に隠しておりました。そのことを、ここに告白いたします。

とは申しましても、あまりすぐにイノシシを放っても白々しいので、私は檻の前で一服し、部下たちとしばらく家族の話などで盛り上がった後、頃合いを見計らって、檻を開け、イノシシを解放したのです。

勢い良く飛び出したイノシシは、パニック状態となり、そのまま猛烈な勢いで、でたらめな方向に駆け出そうとしました。それを私どもが鉦《かね》や太鼓を打ち鳴らし、ふもとまで追い立てていくわけです。

相手は野生のイノシシでありますから、百パーセント動きをコントロールすることは不可能でございました。最終的に、信雄様率いる紅組が待機している山の北側か、信孝様率いる白組が待機している南側か、どちらにイノシシが向かうかは、まさにイノシシのみぞ知るのでございます。

柴田様からは事前に、信孝様率いる白組の方へ誘導するように言われておりましたが、それればかりはこの前田玄以にも無理でございます。それでもなんとか、不自然にならない程度に、信孝様がいる南側に向けてイノシシを追い立ててはみたのですが、最後の最後になりまして、イノシシは突然方向を変え、あろうことか信雄様が待つ北側へと走り出したのでございます。

ちなみに今回、弓を持つのは大将の信雄様と信孝様のみ。他の諸将の皆様は後見として見守る形となっております。多くの家臣の前でイノシシを仕留めるということは、織田家の次期当主候補としての存在をアピールするのにもってこいのチャンス。信雄様、信孝様のうち、イノシシに矢を放った方が、今後の後継者争いにおいて一歩リードするのは間違いなし。つまり、このイノシシ狩りは、一見、時間潰しのレクリエーションのように見えますが、実は織田家の将来を占う、大一番なのでした。

そもそもこのイベントをご提案された羽柴様の腹の内には、最初からそのようなおつもりがあったのではないかと、私は踏んでおります。失礼ながら、弟の信孝様よりなにかと評判が悪い信雄様でございます。イメージアップのために、ここで見事イノシシを仕留めて、「兄さんもなかなかやるじゃないか」と世間に認めさせる。それが、羽柴様の目論見だったのではないでしょうか。

茂みを抜けて、山の北側の斜面に飛び出したイノシシは、そのまま直進を続けました。そちらには信雄様がいらっしゃいます。信雄様にとっては千載一遇のチャンスでございます。やはりチャンスを引き寄せる運の強さは、お父様譲りと言ってもいいでしょう。しかし、チャンスは物にしなければ、何の意味もございません。

イノシシは、まさに猪突猛進の言葉通りに、とてつもないスピードで突き進み、信雄様との距離をどんどん縮めていきます。信雄様の背後にいた羽柴様と池田様が、盛んに叱咤します。信雄様は背中の矢筒から矢を一本おもむろに抜き取ろうとしました。が、引っかかってなかなか思うように抜けない。

「ダメだあ」と泣きながら、羽柴様に顔を向ける信雄様。駆け寄った羽柴様が、素早く矢筒から矢を抜き取り、信雄様に手渡します。その間もイノシシは砂煙を上げながら、近づいて来ます。慌ててその場を逃げる羽柴様。信雄様は弓に矢を番《つが》えようとしますが、手が震えて、所定の位置に収まりません。焦りまくる信雄様。やがてイノシシは立ち止まり、信雄様を睨みつけました。その距離、約十八メートル。完全に腰が引けた状態の信雄様は、ついに矢を放つことを諦め、その場に弓を投げ捨てました。一体どうするつもりかと、その場にいた誰もが固唾《かたず》を呑んで見守る中、信雄様は、なんと矢を直接、イノシシに向かって放り投げました。矢は当然の如く、まったく飛距離を伸ばすことのないまま、イノシシと信雄様の中間あたりに落ちました。次の瞬間、信雄様は、無言のまま、百八十度向きを変えると、イノシシに背を向けて、一目散にダッシュ。これほど情けない姿はございません。とても織田家の跡継ぎとは思えぬ醜態ぶり。

さてイノシシは、その後を追い掛けるかと思いきや、いや、むしろ誰もが「追い掛けろ」と願ったのですが、そうはならず、信雄様の姿に呆れ返ったのか、踵《きびす》を返して、別方向に走り出しました。

イノシシが向かったのは南の斜面。その先には信孝様一行が控えています。その時です。このままでは、いいところを信孝様に持って行かれてしまうと思ったのか、羽柴様が隣にいた池田恒興様に向かって「止めろ！」と叫びました。元来虚弱体質の羽柴様は、実戦では戦力にならないことをご自分でも分かっておられ、こういった場合は大抵は人任せにされます。「心得た！」と勢い良く駆け出した池田様。さすが信長様の乳兄弟。そのお姿は凜々しく、まさに「ザ・戦国武将」といった趣でございました。イノシシの進む方向を確認した池田様は、草原を走り抜け、ぐるりと先回りして、イノシシの正面に飛び出しました。ここでしばらく食い止めれば、やがて態勢を立て直した信雄様が駆けつけ、再び矢を射ることも出来る。逆に、ここで逃がしてしまうと、イノシシはそのまま信孝チームの待つ南の斜面へ行ってしまう。まさに正念場でした。ところがその時です。池田様が左の腿《もも》を押さえ突如うずくまってしまわれたのです。

「肉離れだ！」と悲痛な声を上げる池田様。呆然《ぼうぜん》となる羽柴様をよそに、イノシシはしゃがみ込んだ池田様の脇を走り抜けて行きました。

この時の池田様の行動に関しては、その後、いろいろ噂が乱れ飛びました。信雄様に付くか、信孝様に付くか、未だ決めかねている池田様は、ここで信雄様のために頑張り過ぎると、後で柴田勝家様に何を言われるか分からない。かと言って、羽柴様には宿老に加えてもらった恩がある。そこで仕方なく肉離れを起こしたふりをして、戦線を離脱することにしたのではないか。それが大方の予想でございました。

そもそも池田様は、「このイノシシ狩りには俺も出なくちゃいけないのか」と今朝からずっとぼやいておられました。参加するということは、結果的に、どっち側なのか、立場をはっきりさせることになるわけで、それを池田様は恐れていらっしゃったのでしょう。人数合わせで信雄様チームに入ったものの、本当は中立でいたかったはず。そんな微妙な立ち位置の池田様が考えた苦肉の策が、あの「肉離れ」ではなかったかと、私は考える次第でございます。本当のところは分かりませんが、帰りの道中、池田様が普通に歩かれていたことだけは、ここに付け加えておきます。

さて、南側の斜面に向かったイノシシ。そこには信孝様が弓を構えて待っておられます。その後ろに控えるは、柴田勝家様と前田利家様。背中の矢入れから取り出した矢を、ゆっくりと弓に番える信孝様のお姿は、実にご立派でございました。その凜とした佇《たたず》まいは、時に織田信長公を彷彿《ほうふつ》とさせます。突進して来るイノシシに対し、まったく動じる気配もなく、むしろ淡々と矢をセッティングする信孝様。かなりの度胸とお見受けいたしました。

イノシシの眉間《みけん》に向けて、信孝様はきりきりと弓を引かれます。ぴたりと照準に狙いを定めた矢の先に、迷いは感じられませんでした。さしものイノシシもこれで一巻の終わりかと思われた瞬間、誰かが大声で叫びました。

「信孝様、お見事っ」

羽柴様の軍師、黒田官兵衛様でございました。信孝様が立っていらっしゃった場所から、三十六メートルほど離れた土手の上に、官兵衛様は立っておられました。足がお悪い官兵衛様は、本日のイベントには参加されず、お城に残っていると聞いておりましたので、突然のお姿に、皆様驚かれたご様子でした。しかし一番驚いたのはどうやらイノシシのようです。がむしゃらに走っていたイノシシは、その声を聞いて、一瞬我に返ったように見えました。そして、危険を察知したのか、くるりとUターンして、来たコースを戻って行くではありませんか。これにはさすがの信孝様も呆気にとられたご様子でした。

怒ったのは後見の柴田様。官兵衛様のところへ駆け寄り、今のは進路妨害だと猛烈に抗議いたしました。しかし官兵衛様はまったく取り合いません。柴田様のお怒りはもっともでございます。確かに官兵衛様は、羽柴様の軍師であられる以上、信雄様側の人間です。そのお方があそこで信孝様を讃《たた》えるのはおかしな話ですし、なによりあのタイミングで「お見事」は妙です。それは矢を射た後に言う言葉。官兵衛様は「勢い余って先に出てしまった」とシラッとお答えになっておりましたが、これは、いささか苦しゅうございました。やはり、信孝様に仕留められると困るので、意図的に大声を出し、イノシシを逃がしたものと思われます。

再びイノシシは、北側へ向かって走り出しました。

そこには、先ほどの醜態から未だ立ち直れずにいる信雄様が、どっかり地面に腰を下ろしていらっしゃいます。イノシシの姿を見つけた羽柴様が、信雄様に駆け寄り、戦意喪失状態の信雄様の身体を無理矢理起こします。羽柴様に励まされ、しぶしぶ弓を構える信雄様。

イノシシは、完全に信雄様を小馬鹿にした様子でございます。半分泣きべそをかきながら矢を向ける信雄様に向かって突進するイノシシ。震えながらも弓を引く信雄様。さすがにこれで勝負はついたと誰もが思いました。

その時、信雄様の正面に飛び出したのは、柴田勝家様でした。

柴田様は、イノシシよりも速く草むらを駆け抜け、そしてイノシシを追い越し、その前に立ちはだかったのです。なんという身体能力なのでしょうか。とても六十を過ぎた老人には見えません。

柴田様は大きく手を広げ、イノシシの行く手を阻みます。あまりの形相に一瞬たじろぐイノシシ。柴田様はそのまま「うおおおおお」と叫びながら、一歩ずつ近づいて行きます。その迫力に圧《お》されたイノシシは、再びくるりと踵を返すと、またしても同じコースを戻って行きました。

「今のは進路妨害だっ」

と叫んだのは羽柴様でした。確かに柴田様は、信雄様に矢を射られたら困るので、信雄様とイノシシの間に飛び出したとしか思えません。しかしながら柴田様は、怒りまくる羽柴様に向かって、

「あのままでは信雄様がイノシシに殺されていたので、儂は身体を張って止めたのだ」

と、すっとぼけた口調でおっしゃるのでした。柴田様としては、さっきの黒田官兵衛様の仕返しをしたおつもりだったのでしょう。まるで子供の喧嘩です。

イノシシは南に進路を変更して駆け出しました。

そこには、いつでも矢を放てる状態にして信孝様が待ち受けています。今度こそは仕留めてみせると、気力十分な信孝様に対し、イノシシはまるで吸い込まれるように突き進んで行きます。

信孝様の射程距離にイノシシが入り、いよいよ矢が放たれると思った瞬間、再び土手の上に現れたのは黒田官兵衛様でした。なんとしつこい男なのでございましょう。今度は家来も数人連れています。官兵衛様の合図で一斉に手に持った鉦と太鼓を打ち鳴らし始める家来たち。イノシシは音に驚いたのか、立ち止まります。今度こそ明らかに進路妨害です。柴田様の抗議の声にも耳を貸さず、さらに鳴り物を鳴らし続ける官兵衛軍団。

と、そこへ駆けつけたのは、前田利家様でした。利家様はどこで拾ったのか太い木の枝を刀のように振り回し、家来衆たちをたちまち追い払いました。鳴り物を持って逃げ惑う家来衆。そして利家様は、あっと言う間に一人になった官兵衛様の喉元に、その枝を突きつけ、

「これ以上卑怯な真似はするな」

と一喝されたのでございます。それに対して官兵衛様、

「私も織田家家臣。信孝様を鳴り物で応援するのが、いけないことですか」

と、まるで悪びれた様子もありません。どこまでも食えない男でございます。

その間に進路を変えたイノシシは、再び北側に向かって走ります。

信雄様は完全に心神喪失状態。またしても自分に向かって来るイノシシを見て、弓矢を捨てて逃げようとします。それを見て羽柴様が叫びました。

「信雄様、今がチャンスです。射止められよ！」

しかしパニックになった信雄様の耳には聞こえません。必死に逃げる信雄様を、イノシシが追い掛けます。走る馬鹿殿、追うイノシシ。すると信雄様の袴《はかま》がほどけてずり落ち、信雄様は転倒してしまいました。イノシシはスピードを緩めません。恐怖に引きつる信雄様の顔。このままではイノシシに踏み殺されてしまう。誰もが目を覆いました。

その時、空を切って一本の矢がイノシシの背中に刺さりました。大きな悲鳴を上げて振り

返るイノシシ。それは信孝様が放ったものでした。イノシシを追い掛けてきた信孝様は、背中の矢入れから二本目の矢を取り出すと、ゆっくりと弓にセットしました。信雄様を追っていたイノシシは、方向転換して、今度は信孝様に向かって突き進みます。

信孝様は十分イノシシを引きつけておいて、矢を放ちました。見事、イノシシの眉間に命中。イノシシはどうと砂煙を上げて倒れました。

「お見事っ」

と叫んだのは柴田様でございました。その脇で苦虫を嚙み潰したような羽柴様のお顔が忘れられません。本陣ですべてを見ていた丹羽様の合図で、私は勝負ありのホラ貝を高らかに吹き鳴らしました。

こうして、「第一回丹羽長秀杯夏のイノシシ狩り」は織田信孝様の圧倒的な勝利で終わりを迎えたのでございました。

三　織田信孝の勝利コメント（現代語訳）

とてもいい形で「イノシシ狩り」を終えることが出来たと思います。

もともと弓矢は得意ではあったのですが、生きた獲物を射るというのは、はっきり言って、初めてに近い経験だったので、始まるまでは不安でした。でも、亡き父から教わった「常に平静であれ」という言葉を胸に、とにかく余計なことは考えずに、矢を放ちました。無心の勝利と言えるのかもしれません。

見事イノシシを射止めたことで、生前、私のことを深く愛してくれた父織田信長に対して、ほんの少しですが、親孝行が出来たのではないかと思っています。今後も、織田家の棟梁として、皆さんの期待に応えられるよう、日々努力する所存でいますので、ご支援のほど、宜しくお願い申し上げます。

四　織田信雄の敗戦コメント（現代語訳）

正直、負けたという気がしないんだよなあ。第一、「イノシシ狩り」って勝ち負けじゃないと思うし。

弟は、イノシシを仕留めたことで、いい気になっているみたいだけど、誰か彼に言ってやって下さい、お前一人の手柄だと思うなよって。だってあれは明らかに、おれがイノシシを行ったり来たりさせたからでしょう。おれが命がけで、奴を疲れさせたから、弟は仕留めることが出来たわけですから。言ってみれば、おれが最優秀殊勲賞かな。

もしかしたら、最後のおれを見て、無様に感じた人もいるかもしれないけど、言っておくけど、あれはわざとだから。狙い。情けないふりをしただけから、本気にしないで下さいよ。誰を騙したかって……イノシシですよ。イノシシの奴を油断させるのが目的だから。まあ、信じないならそれでもいいけど。

まあ、結論を言えば、兄弟力合わせて頑張ったってことで、いいんじゃないかなあ。

五　仕留められたイノシシのモノローグ（現代語訳）

信孝公はよくやりましたよ。私なんぞは、後半はもうどうしていいか分からなくて、本能のおもむくまま、走りまわっちまったんだけど、最後の方は結構真剣で、あのまま行ってたら、あの馬鹿殿を踏み殺していたかもしれない。

でもちょうどその時に、信孝公が矢を放ってくれて、あれが背中の一番効くところにツーッと入って、実に気持ち良かった。最期も、きちんと急所の眉間に打ち込んでくれて、苦しまずにあっと言う間に成仏出来ました。信孝公には感謝しております。人に誇れるような人生ではありませんでしたが、それなりに幸福でした。ありがとうございました。

信雄公？　あれはまじでやばいね。

六　秀吉の妻、寧の日記。六月二十六日分抜粋（現代語訳）

今日は朝から藤吉郎はイノシシ狩り。昨夜は遅くまで皆と飲んでいたというのに、あの人のバイタリティはどこから来るのだろう。

昼までかかって宴会の片付けをしていたら、お城から使いの人が来て、手紙を渡された。松姫様（註・信忠の妻）からだった。会いたいので、すぐに登城するようにとのこと。すぐに支度をして登城する。

松姫様。懐かしい名前だ。あの方が武田家から信忠様に嫁がれたのは七歳の時。いわゆる政略結婚だ。信忠様は四歳年上の十一歳だった。結婚とは名ばかりの、要は人質である。近臣もおらず、姫はいつもひとりぼっちだった。なにしろ松姫様の父親はあの武田信玄公である。畏れ多いというのもあったのだろう。人は皆、姫を避けた。部屋に籠りっぱなしの姫を見て、そういうことを誰よりも気にする藤吉郎は、私に話し相手になってさしあげるようにと命じた。

私は時間があれば松姫様を訪ねるようになった。私たち夫婦には子供がいなかったので、幼い姫を、どこか娘のように感じていたのかもしれない。姫も私には心を開いて下さり、よく二人で菓子を食べながら無駄話をしたものだ。

松姫様との久しぶりの再会。八年前、私が長浜に引っ越す時に、ご挨拶に伺ったのが最後だ。あれ以来、松姫様は織田家と武田家の力関係が変化する度に、実家に帰されたり、また戻されたりと、政治の道具として使われてきた。歴史に翻弄《ほんろう》される姫が哀れでならない。夫の信忠様と心から愛し合っておられたのが、せめてもの救い。やがてお二人の間には三法師様というお子も生まれた。しかしその信忠様も今はもうこの世にはいない。

松姫様は、立派な母親に成長されていた。とは言え、まだ二十歳を過ぎたばかり。お顔にはあどけなさも残っている。

「あなたが清須に戻って来たと聞いて、無性に会いたくなったのです」

松姫様はそう言って、私の手を握り締めた。針のように細い身体だった。このか弱い姫君に、あの信玄公の血が流れているとはとても思えない。武田信玄公は、信長様がもっとも恐れていた人物だ。関東をほぼ手中に収め、いよいよ上洛という時に、九年前、五十三歳で亡くなられた。病死とも、暗殺されたとも言われている。もう少し長く生きていれば、今頃は天下統一を果たし、武田幕府が出来ていたかもしれなかった。さぞ無念なことだったろう。

姫は嬉しそうに私を見つめていたが、その表情はどこか暗かった。もともとあまり喜怒哀楽を表に出されないお方ではあったが、その瞳には、前には感じなかった深い哀《かな》しみが宿っていた。

この数ヶ月の間に起こった出来事は、どれだけ松姫様を苦しめたことだろう。考えただけでも胸が痛む。三月には兄の武田勝頼様が、織田と徳川に攻められ自刃。その時の織田家の総大将が、夫である信忠様であった。実家を夫に滅ぼされるという悲劇。しかもその三ヶ月後には、信忠様ご自身も明智勢に攻められ、信長様と共にこの世を去られた。松姫様はあっと言う間に実家と嫁ぎ先を失ってしまったのだ。いくら戦国の世とは言え、これほどの不幸があるだろうか。今やご身内は、三歳になる三法師様だけとなった。

「いろいろ大変なことがありました」

姫はそれしか言葉にしなかったが、その一言だけで、今の哀しみが手に取るように分かった。

「お察しいたします」

その時の私には、それ以上の言葉は思いつかなかった。姫を見るのが辛かった。松姫様は、そんな私に気を遣ってか、すぐに話題を変えられた。

「秀吉はどうしていますか」

「今日はイノシシ狩りに出ていて、まだ帰って来ておりません」

「例のイノシシ狩りですね」

姫は、清須を騒がせている後継者争いのことも、当然ご存じだった。

「でも分からない。イノシシを仕留めた者が織田家を継ぐのですか」

「そういうわけではありませんが、やはり武芸に秀でた者が、織田家の当主に相応しいと、誰しも思うのではないでしょうか」

「政治の道具にされる、イノシシが哀れですね」

ひょっとしてイノシシに自分を重ね合わせたのだろうか。そして松姫様は、目を伏せたまま、小さな声でこうつぶやかれた。

「誰が織田家を継ごうが、私には関係のないことです」


やがて乳母が三法師様を連れて来た。まだ一人で歩くこともおぼつかなかったが、利発そうなお子だった。三法師様を見守る松姫様の顔は、母親のそれだった。優しさに満ち溢れ、さっきまでの暗い影はどこかへと消えていた。膝の上で甘える三法師様を愛おしみながら、松姫様は「川が見たい」とおっしゃった。話を聞けば、本能寺の変以来、ほとんど表には出ていないらしい。

「今日は良い天気です。三法師に水遊びをさせたい」

「喜んでお供いたします」

河原で三法師様と水遊びに興じる松姫様。息子の何気ない仕草に、いちいち声を立てて笑うお姿は、実に幸せそうだ。今の松姫様には三法師様だけが生きるよすがなのだろう。

改めて三法師様を見ると、どこか顔つきが大人びているようにも見えた。恐らくは、スッと通った鼻筋のせいだ。織田家の特徴だった。そういえば切れ長の目も、亡き父信忠様によく似ており、それはつまり祖父信長様にも似ているということ。一方、その太い足首、三歳にしてはがっしりした体軀《たいく》は、織田家の血筋にはないもの。ひょっとすると武田家の血なのか。そうなのだ、この幼子の身体の中には、織田信長と武田信玄という、戦国が生んだ二人の天才の血が、脈々と流れているのだ。

三法師様は母親に抱かれながら、そんなことはどうでもいいといった様子で、浅瀬で泳ぐ魚たちをきょとんと見つめていた。

遠くから松姫様を呼ぶ声がした。土手の上に現れたのは藤吉郎だ。イノシシ狩りから戻って来たのだ。軍師の官兵衛殿も一緒である。藤吉郎は一目散に私たちのところへ駆け下りて来た。表情が暗かった。後から聞いた話では、イノシシ狩りがうまくいかなかったらしい。藤吉郎は松姫様に挨拶してから、三法師様の顔を覗き込んだ。すると三法師様はひきつったような声で泣き出した。どうやら「人たらし」の異名を持つ藤吉郎ではあったが、幼子の心まで摑むことは出来ないようだ。おどけた素振りで必死に三法師様を笑わそうとしたが、なかなか泣き止まない。三法師様には、夫の顔は怖いらしい。それとも普段は無理に陽気に振る舞っている藤吉郎の、実はその裏にある暗い部分を、三法師様は見抜いたのだろうか。

夫は責任を感じたのか、なんとか泣き止んでもらおうと必死におどけた。官兵衛殿も一緒になって百面相を繰り広げたが、無駄だった。というよりこれは怖過ぎた。官兵衛殿から発する異様なオーラというか、修羅場をくぐり抜けてきた凄みのようなものは、子供にとっては刺激が強過ぎるのだ。三法師様は可哀想《かわいそう》に、恐怖に怯えて泣きじゃくった。これには松姫様も困り果てた様子だった。

ほとんどヤケクソになって、三法師様の前で全力でおどける藤吉郎を見ながら、ふと思った。私たちに子供がいたら、どうなっていただろうか、と。息子でもいい、娘でもいい。私が一人でも子供を産んでいれば、夫は家族に目を向けてくれていただろうか。織田家を乗っ取るなどという大それたことを考えずに、私たちのために時間を割いてくれただろうか、と。
私には分からなかった。

七　同年同月同日　午後

三法師をあやしながらの羽柴秀吉のモノローグ（現代語訳）

くそう、三法師様は、なんで泣き止まないのだ。オレは子供は嫌いじゃない。日頃、言葉の裏を読んだり、相手の腹の内を探りながら生きているオレのような人間は、純真無垢《むく》な、裏表のない子供と接していると、心が休まる。だが、三歳までに限る。それ以上大きくなると、赤ん坊とは言え愛想笑いをしたり、嘘泣きをしたりと、結構腹黒くなってくるから、油断出来ない。それにしても三法師様は、どうして懐いてくれないのだ。

しかし、信雄様には呆れた。あそこまで愚か者だとは思わなかった。だいたい、あの男が「イノシシ狩り」をやりたいと言い出したのだ。自分は弓には自信があるので、ここで家臣たちにいいところを見せて、弟に差をつけたいと、あいつ本人が言ってきたのだ。そりゃ期待するだろう。ところが蓋《ふた》を開けてみれば、このざまだ。結局、信孝様の株が上がっただけではないか。「イノシシ狩り」を提案したオレが馬鹿みたいではないか。イノシシに追い掛けられ、ずり落ちた袴を引きずりながら逃げ回った信雄様のことは、すぐに城中に広まる。そしてその分だけ、見事獲物を射止めた信孝様に人気が集まるのだ。

城内の誰もが、織田家の後継者に相応しいのは信孝様の方だと確信する、絶好の機会になってしまった。今まで積み上げてきたお膳《ぜん》立《だ》てが全部パーだ。このままでは勝家派の思うままではないか。

さて、これからどうする。次なる一手は？

ここは思い切って、信雄を担ぐのは諦めるか。あいつと心中するのだけはごめんだ。かと言って、信孝擁立に今から鞍替《くらが》えするのはどうだろう。そんなことをしたら、一生親父殿に頭が上がらなくなる。さてどうする。あらたな別候補を立てるしかないようだ。しかし信孝様と張り合える候補が、他にいるか。三十郎信包様はどうか。お館様の弟である。十分資格はある。しかし三十郎様はああいうお方である。政治にまったく興味を示さない。担ぎ出すのは一苦労だろう。賢過ぎるのも問題だ。跡継ぎになった後はオレの傀儡《かいらい》になってくれなければ困るのだが、三十郎様だと、こちらの思う通りに動いてくれそうもない。やはり他の人物を考えよう。他に誰がいる。

おお、ようやく、泣き止んでくれたか、三法師様。きっと人見知りする子なんだろう。松姫様から受け取って、オレが抱いてやると、おとなしくオレの腕の中でじっとしている。楽しそうではないが、少なくとも泣いてはいない。必死に耐えている様子がまた可愛い。おっ、三法師様がいきなりオレにしがみついて来たぞ。どうしたというのだ。なるほど、オレの肩のあたりに小さなカエルがくっついていたのか。なんという愛らしさだろう。オレがカエルを川に放してやると、三法師様は、泳いで去って行くカエルを、寂しそうに目で追っている。たまらん。

無邪気なそのお顔を見ていると、自分が虚しく思えてきた。オレは一体何をやっているのだ。毎日毎日、人を出し抜くことしか考えていないではないか。オレはどこへ行こうとしているのだ。なぜ今の暮らしに満足出来ない。畑から野菜を盗んで食べていた昔と比べれば、夢のような生活ではないか。これ以上、何を望むというのだ、藤吉郎。

おや、三法師様は、よくよく見ると誰かに似ているな。特にこの切れ長の目。なるほど、この目はお館様の目だ。この目でよく睨まれたものだ。何もかも見通してしまうお館様の目。

それにしてもよく似ている。似ていて当たり前だ。三法師様はお館様のお孫様に当たるのだから。三法師様はお館様のお孫様……、三法師様はお館様の……、三法師様は……。

そうか、この手があったか。

八　同年同月同日　その直後

その羽柴秀吉に策を授ける黒田官兵衛（現代語訳）

実は私も同じことを考えておりました。

いくら神輿は軽い方がいいとは言え、信雄では軽過ぎましたな。信長公が飼っておられた鸚鵡《おうむ》の方が、まともに話が出来るだけ、まだましでございます。いささか馬鹿過ぎました。馬鹿はさっさと見限りましょう。

信孝様にぶつける新しい対抗馬としてベストは、おっしゃる通り、三法師様でございます。なんと言っても信忠様の忘れ形見。信長公からすれば、直系の跡取りでございます。ただ、さすがに御歳《おんとし》三歳というのは気になります。未だかつて、これほど幼い当主がいた例は聞いたことがない。

そもそも今回の信雄・信孝の家督争いは、三法師様が幼過ぎたゆえに始まったことです。もし仮に三法師様が成人されていれば、最初からすんなり決まっていたのです。しかし、まだ三歳ということで、誰もそこに考えが及ばなかった。思っていても、スルーしてしまった。それをあえて持ち出すわけですから、反発は大きいでしょう。「今後は合議制で三法師様を守り立てていくのだ」と主張したところで、柴田様あたりが反発するのは目に見えている。

今後は、信孝様だけではなく、信雄までが敵に回るわけです。言わば、我らの周囲は敵ばかり。これはかなりの策が必要となってきます。となると、どうしてもこちら側に引き込んでおきたい人物が一人おります。殿ならもうお分かりでしょう。

そう、丹羽長秀様です。

明日の会議の議長を務められる丹羽様が我らの味方に付けば、多少の無理も利く。逆に言えば、丹羽様が味方にならない限り、三法師様擁立はかなり厳しいと言わねばなりますまい。確かに丹羽様は柴田様の盟友であられます。これまで柴田様の参謀的な役割を果たしてこられました。調略も一筋縄ではいかないでしょう。

しかしながら、どのように頑丈な鎧でも、探せばどこかに必ず小さなほころびはあるもの。

そこをゆっくりほぐしていけば、いつかは大きな穴となるのです。柴田様と丹羽様の揺るぎない信頼関係にも、もちろん、ほころびはあるはず。早急にそれを見つけ出すことにいたしましょう。

九　同年同月同日　同時刻

清須城、居室における歓喜の柴田勝家（現代語訳）

いやはや、これほど嬉しいことはない。藤吉郎が「イノシシ狩り」の話を持って来た時は、（猿め、また何か小賢しいことを考えてやがるな）と、一旦は断ろうと思ったが、信孝様が「弓なら兄には負けない自信がある」とおっしゃるものだから、それを信じて参加することにしたのだ。やっておいて良かったわ。信孝様がイノシシを射止められた瞬間、誰もが次の当主はこの方だと思ったはず。それに比べて、信雄様の無様な姿はなんだ。申し訳ないが、これで信雄様の目はなくなった。勝負あり。明日の会議を待たずして、織田家の家督は信孝様が引き継ぐと、決まったようなもんだ。藤吉郎もさぞや、ほぞを嚙んでいることだろう。

「イノシシ狩り」などやらねば良かったと、今頃、後悔しているはずだ。いやあ、嬉しいのう。めでたいのう。

今夜はこれから信孝様を囲んでの戦勝祝い。イノシシの肉でバーベキュー大会と洒落込む予定だ。

だがその前に、お市様のところへ顔を出そうかな。信孝様勝利の一報は既に伝わっているはずだが、きっとお市様は儂の口から詳しい話を聞きたくて、うずうずしてらっしゃることだろう。イノシシの一番美味しい部分、腿肉の脂身の部分も、儂はちゃんとお市様のために選《よ》り分けておいた。これを使って、お市様の前でコラーゲン鍋を、儂自ら作って差し上げるのだ。一口食べれば、お肌が艶々《つやつや》になること間違いなし。きっとお市様は喜んで下さるに違いない。楽しみ楽しみ。

十　同年同月同日　同時刻

清須城、居室における当惑の丹羽長秀（現代語訳）

今日の「イノシシ狩り」は、確かに我ら信孝派にとっては、最高の結果を迎えた。信孝様が見事に獲物を射止めるや、私は忍びの者に命じて「後継は信孝様で決まりらしい」という情報を城の内外に流した。噂はたちまち広がり、わずか一日で、清須全体の空気が「信孝様有利」に傾いた。思った通りの展開である。

しかし、ここに来て一つ不安材料が出てきた。

権六のことである。私は権六のために、ここまでお膳立てをしてきたと言ってもよい。その根底にあったのは、私と彼との友情だ。もちろん私なりの目論見もないことはなかったが、要は柴田権六勝家という男が好きなのだ。だから彼のために骨を折ってきた。

だが、その肝心の権六の様子がおかしいのだ。はっきり言ってしまえば、権六は恋をした。あの一本気な性格の、古武士を絵に描いたような、武骨な権六が、あろうことか恋に堕ちてしまったのだ。相手はあろうことか、お市様である。織田家の行く末を真剣に心配し、それゆえに信孝様擁立に動いた権六が、今は、お市様にいかに気に入られるか、それしか頭にないようなのだ。完全に目的がすり替わっている。

というのも、今夜の戦勝会に権六は来なかったのである。信孝様を囲み、家臣たちを接待して、イノシシを食うというこの催し。「信孝様こそが次期当主候補の大本命である」と周囲に印象づける、大切な会合である。イノシシを射止めるだけでは駄目なのである。その後のパーティが大事なのである。それは権六に説明したつもりだったのだが、会が始まっても彼は姿を見せない。それはもちろん信孝様のためのパーティではあるのだが、同時に筆頭家老である柴田権六勝家の存在をアピールする、絶好のチャンスだったのだ。それも説明したはずなのに、権六は来ない。

　部屋にもいる気配がないので、城内を探すと、なんと権六は、台所の調理場でイノシシの肉を細かく捌《さば》いていた。

「何をしている」

　私が声をかけると、権六は嬉しそうにこちらを見た。

「これからお市様のところへ行ってコラーゲン鍋を作るのだ」

　よくよく見ると、彼が捌いていた肉は、腿の部分。イノシシの一番美味しいと言われるところだ。他の人に食われないように、前もって切り分けておいたのだろう。

「信孝様の戦勝祝賀パーティはどうするのだ」

「先に始めててくれ。儂は後から行く」

「それなら、先にパーティに出てからお市様のところへ行けばよい」

「無理だ。お市様は一刻も早く自分に会いたがっているはずだ。あの方を待たせるわけにはいかんのだ」

いくら私が説得しても、権六は聞き入れない。もうお市様のことしか頭にないようであった。堅物ほど、一度恋にはまると抜け出せなくなるというが、本当らしい。

鍋で肉を煮込みながら、権六は恥ずかしそうにうつむいたまま、柄に似合わぬ、少女のようなか細い声でこう言った。

「儂はお市様と愛し合っている」

お市様が権六にすり寄るのは、あくまで秀吉憎しのことであり、権六に本気で恋愛感情を抱いているわけではない。そんなことは、端から見れば一目瞭然なのだが、今の権六には分からない。とても冷静な判断が下せる状態ではないのだ。

「権六、よく考えるのだ。今、お前がお市様と深い関係になるのは、決してプラスではない」

「そんなことはない。お市様を嫁に貰えば、儂は亡きお館様の義弟ということになる。そうなればますます仕事がやりやすくなるぞ」

「そうとは限らない。お市様は織田家のシンボルだ。古参の家臣の中には、そのシンボルをお前に汚されたと、不快に思う者も少なくないはず」

「汚されたとは、失礼ではないか」

「とにかく、お市様とはしばらく距離を置け」

「煩い。儂らの恋路を邪魔するんじゃないよ。こういうのは、当人同士の問題なのだ。お前にとやかく言われる筋合いはない」

権六は、熱々の鍋を素手で抱え上げた。もう熱さも感じなくなっているらしい。恋に夢中のこの老人は、汗だくの顔を私に向けて、照れ臭そうに言った。

「儂はお市様を嫁に貰うつもりだよ」

とうとう気が触れたか、柴田勝家。

「本気で言っているのか」

「冗談でこのようなことが言えるか。この会議が終わり次第、儂はお市様と夫婦になる」

「目を覚ましてくれ、権六」

「儂はずっと起きておる」

「お市様には、その気持ち、伝えたのか」

「なに、向こうからプロポーズしてきたのだ」

そして権六は鍋を抱えて、まるで初恋中の若武者のように軽快な足取りで台所を出て、お市様のもとへ向かった。

結局、権六は最後までパーティに顔を出さなかった。信孝様には、権六は疲れて部屋で寝

ている と伝えておいた。

権六にはほとほと困ってしまったが、お市様は本当に奴にプロポーズをしたのだろうか。筑前に対する復讐心のために、果たしてそこまでするだろうか。それだけ筑前に対する憎しみが今も大きいということか。

だとしたら、権六が哀れでならない。

十一　同年同月同日　それからしばらくして

清須城、居室におけるお市の方の快哉（現代語訳）

やっと、権六が帰って行った。

今日の報告を兼ねて、イノシシ鍋を作って持って来た。肉も自分で捌いたらしい。でも、この季節に鍋とはどういう神経をしているのかしら。頭おかしいんじゃない。そもそも私はケモノの肉が嫌いなんですけど。

申し訳ないけど、一切口はつけなかったわ。

「イノシシ狩り」の話は楽しかった。結果は聞いていたけど、権六が身振り手振りで再現してくれるので、まるで実際にその場で見ているような気持ちになった。信孝、よくやりました。秀吉の悔しがる顔が目に浮かびます。馬鹿な男ね。自分で「イノシシ狩り」を企画しておいて、赤っ恥もいいところじゃない。これで完全に信雄は後継者争いから消えた。秀吉もさぞお困りのことでしょうね。いい気味だわ。

権六は、信孝も信雄もイノシシまで全部自分で演じてくれた。汗まみれになっての大熱演は、暑苦しかったけど、面白かった。

語り終えて、どっかと腰を下ろし、手ぬぐいで汗をぬぐう権六。話を聞いている間、一度も私が箸を動かさないので、権六は不安に思ったようだ。

「お食べにならないのですか」

「今はお腹が空いていないの」

「一口だけでもいかがですか」

「今は結構」

「イノシシの脂身はコラーゲン豊富で、お肌が艶々になりますぞ、さあ一口だけでも」

あまりに権六が無理強いするものだから、だんだん腹が立ってきて、

「それは私の肌がカサカサだということですか、権六」

と、わざときつい口調で言ったら、権六の目が点になった。

「いえ、そういうつもりでは」

「言葉を慎みなさい」

権六は頭を床にこすりつけ、ひたすら詫びた。さすがにちょっと可哀想になったので、

「権六、こちらへ」と手招きしてやる。

権六は恐る恐る近寄って来た。私は、額から流れ落ちる汗を、袖で拭いてやった。

「今日はお疲れ様でした。流れは確実にこっちに来ています。明日の会議で、秀吉を叩き潰してやって下さいね」

「かしこまりました」

本会議で信孝が正式に織田家の当主となれば、信雄を担いだ秀吉の権威は失墜する。後はこの権六を使って、じわじわ追いつめていけばいいだけ。兄が生きている間は、いい思いも出来たかもしれないけど、秀吉、あなたが這い上がるチャンスは、ゼロに等しいわ。信長が死んだ時に、お前の命運も尽きたのよ。そのことを思い知るがいい。

十二　同年同月同日　深夜

清須城、居室において苦悩する丹羽長秀（現代語訳）

羽柴筑前守秀吉が、私のもとへやって来たのは、夜もかなり更けた頃であった。「日を改めてくれ」と帰してしまってもいい時間ではあったが、「明日の会議を前にどうしても話したいことがある」と言う筑前の言葉に、何か引っかかるものを感じたので、とりあえず部屋に通した。

「考えてみれば、清須に到着してから、まだきちんと丹羽様とはお話ししておりませんでしたな」

筑前は、いつもの無防備な笑顔で私を見つめた。

「用件を聞こう、明日に備えて早く床につきたいのだ」

「では単刀直入に申し上げます。明日の本会議において、丹羽様には私の味方をして頂きたいのです」

これには驚かされた。言うに事欠いて、何を言い出すのだ筑前は。

「馬鹿を言うな。承知の通り、私は議長である。公正中立の立場で議事をまとめるのが、私の仕事。誰かを贔屓《ひいき》にするようなことは出来ん。帰ってもらおう」

「それは建前でございましょう。丹羽様が柴田様に色々と知恵を授けていらっしゃることは、分かっております。今さら公正中立などというお言葉は、聞きたくありませんな」

確かに白々しかったかもしれない。私と権六の友情は、城内に知らぬ者はなかった。しかしである。たとえそうであっても、議長である以上は、この男の前でそれを認めるわけにはいかないのだ。

「だが筑前、もしそれが事実だとすれば、お前は、権六の側に付いている私に向かって、自分の味方になれと言っていることになるが」

「その通りでございます」

「大胆だな。実にお前らしい。しかしそれは無理な相談だ」

「なぜ無理です」

「当たり前ではないか。私に権六は裏切れない」

すると筑前は身を乗り出し、一際力の入った声で言った。

「柴田様とは切れて頂きます」

何を言ってるのだ、この男は。会議を明日に控えて筑前もかなり焦っているのか。しかし、彼の表情には妙な余裕を感じてならなかった。いい知れぬ不安がよぎる。

「今、織田家は正念場を迎えております。この時期に、丹羽様は本気で織田家を柴田様に任せるおつもりですか。はっきり申し上げて、柴田様にはそれだけの技量はありません」

「ずいぶんはっきりと言うではないか、筑前」

「確かにあのお方は、戦場で幾度も武勲を立てておられます。しかしこれから必要なのは、大局を見る目です。柴田様には残念ながらそれがない。日本は再び乱世となります。その中で織田家が生き抜いていくためには、周囲の大名たちと渡り合うだけの『政治力』が必要なのです。あの方には無理です」

それは実のところ、私も感じている。権六に戦の指揮は出来ても、政治は動かせない。しかし、だからこそ私が側にいるのではないか。私が権六を支えてみせる。

「丹羽様と柴田様の深い繋がりは存じております。剛の柴田様に、柔の丹羽様。二人で力を合わせてお館様を支えてこられました。それゆえ柴田様に肩入れしたいというお気持ちも分かります。しかしよくお考えになって下さい。丹羽様が支えねばならないのは、柴田様ではなく、織田家ではないのですか」

筑前め、痛いところを突いてくる。確かにその通りだ。しかし、権六を支えるということは織田家を支えるということ。結局は同じではないかと自分に言い聞かせる。

「織田家のことは心配いらん。信孝様がおられるではないか」

「確かに信孝様は優秀なお方です。しかし、いかんせん経験不足」

「誰だって初めはそうだ。信長公ですらな」

「お館様には天賦の才がございました。お館様は、信孝様と同じ歳に、弟の信勝様と争い、信勝様を暗殺、織田家を一つにまとめられました。それだけの知恵と勇気と行動力が、今の信孝様にありますか」

「そんなことは百も承知だ。だからこそ、しばらくは我ら宿老たちが力を合わせて、殿をサポートしていくのではないか」

するとと筑前は私の目を見つめ、厳しい表情で言った。

「しかしながら、その筆頭であるはずの柴田様が、今、老いらくの恋に狂っている。こんなことで織田家を守っていけると、丹羽様は本当にお思いですか」

思わず息を飲んだ。なるほど、そうであったか。権六とお市様のことは、もう筑前の耳にも入っているのか。

「知っておったのか」

「柴田様とお市様のことは、城中で噂になっております。今夜も、信孝様の戦勝祝いのパーティにも顔を出さず、恋人に食べさせるイノシシ鍋を台所で作っておられたそうではないですか」

そんなことまでもう調べ上げているのか。さすがは筑前。

「残念なことです。仕事一辺倒だった男が、年老いてから情欲に溺《おぼ》れる話はよく聞きます。正直言って、これほど見苦しいものはありません」

「それに関しては、私も困っておったところだ」

噂が広まる前に、権六をお市様から切り離したかったのだが、この様子ではどうやら手遅れのようだ。これで権六はかなりのイメージダウン。まったく愚かな男である。

筑前は、悲痛な表情でつぶやいた。

「柴田様も罪なお人です。丹羽様が陰でどれだけ苦労されているのか、当然、ご存じのはずなのに、会議を明日に控えて、情欲にうつつを抜かすとは」

「もうよい。権六の悪口はその辺にしておけ」

筑前は私ににじり寄り、腕を摑んだ。

「丹羽様、ここはどうか私情をお捨て下さい。賢明な丹羽様なら、織田家のために今、もっとも必要なことは何か、お分かりになるはず。柴田様に任せていては、いずれ織田家は滅びます」

筑前の言う通りかもしれなかった。確かに今、私が一番考えなくてはならないことは、権六との絆ではなく、織田家の行く末なのである。しかし、だからと言って、権六を捨て、筑前の言いなりになることは出来ない。

「だが筑前。お前の側に付くということは、信雄様に付くということであろう。お前は本当にあのお方が、当主に相応しいと思っておるのか。それこそ織田家はどうなるか分かったものではない。お前の魂胆は見え透いておる。暗愚な信雄を神輿に担ぎ上げて、裏で好き勝手しようという腹なのであろう。違うか」

筑前の目にみるみる涙が浮かんだ。信じられないことだが、筑前は私の前で、泣いた。

「私がそんなことを考えるはずがないではないですか。これまで私は常に織田家のために尽くして参りました。この先も同じです。私をここまで引き立ててくれたのはお館様です。私はそのご恩返しがしたい。ただそれだけなのです。それが丹羽様に分かってもらえないのが、実に悔しい」

この涙は芝居なのだろうか。人間はそこまで嘘をつけるものなのか。私にはそうは思えなかった。

「許せ、筑前。しかし、どう考えても信雄様では無理だ。分かってくれ。お館様の跡継ぎは信孝様を措いて他にはいない」

「では、他に候補がいれば、丹羽様は考えて下さるのですね」

「信孝様以上のお方がいらっしゃればな。つくづく思うよ。信忠様さえ生きておられれば、このように苦労はしなかった」

　すると筑前は、涙をぬぐいながら意外なことを口にした。

「白状いたします。実は私も今日の『イノシシ狩り』で納得いたしました。信雄様に当主は無理です」

「認めるのか」

「認めましょう。私も、信雄様は見限りました」

「ということは、お前も信孝様擁立に回るということか」

「とんでもない」

　筑前が何を言おうとしているか、私には分からなかった。しかし彼の自信に満ち溢れた顔を見ると、これから彼が言おうとしていることが、なにか素晴らしいものであるように思えてならなかった。早くその先が聞きたかった。

「信孝様以上のお方がいらっしゃるのか」

　筑前はにっこりと笑ってみせた。もったいぶるな、筑前。早く聞かせてくれ。

「我らは間違えていました。信長公の正当な後継者は御嫡男の信忠様。ところが、その信忠様も亡くなられた。ということは、我らが考えなければならないのは、信長公の跡継ぎではなく、信忠様の跡継ぎだったのです」

「三法師様か」

「その通りです。三法師様こそ、織田家の新しい棟梁になるべきお方」

筑前の言うことはまったくもって正しい。なぜ今までそれを思いつかなかったのか。いや、実は思いついてはいたのだ。しかし三法師様はあまりにも幼い。だから即座に選択肢からはずしてしまっていたのだ。

「しかし、三法師様はまだ三歳だ」

「何歳であろうが、信長公の正当な跡継ぎは三法師様です。三法師様なら、信雄も信孝様も文句は言えません。お二人の間の確執もなくなり、織田家が二分される心配もない」

まさに筑前の言う通りであった。しかし実際問題として、三歳の子供に織田家の当主は無理である。その場合はやはり我々がサポートしていくことになるのだろう。しかし当主が幼い分、誰が実質的なリーダーになるかで、いずれ権力争いが始まるのは目に見えている。しかし筑前はそれもちゃんと考えていた。

「三法師様には後見人を付けます」

「そういうことか。お前がなるつもりだな」

「とんでもない。私は権力が欲しくてやっているのではないのです。なれと言われればなりますが、もし私が後見人になったとしても、柴田様が納得しないでしょうし、逆に柴田様がなったとしても、私を推す者たちが黙ってはいない。かと言って、信雄様や信孝様では、結局今回と同じ問題が起こる」

「ではどうする」

「三十郎信包様が良いと思われます。なにしろ信長公がもっとも信頼を寄せた弟君。これ以上のお方はないかと」

「なるほど」

「そしてその下で、我ら宿老たちが合議をもって事を決めていくのです。盤石の態勢と心得ますが、いかがでございましょう」

もっともであった。筋目から考えても、三法師様が跡を継ぐのは理に適っている。後見に関しても、三十郎様ほどの適任はいない。筑前が仮に今後、スタンドプレイに走ったとしても、三十郎様が重石《おもし》になってくれていれば、まずは安心。妙案であった。私の心はかなり傾いていた。だが、まだ安心は出来ない。それが筑前自身から提案されたことに一抹の不安が残る。私は騙されているのではないか。

「筑前、確かに名案ではあるが、お前はそんな提案をして、自分で自分の首を絞めることにはならんのか。それとも裏があるのか。はっきり言ったらどうだ」

「とんでもないことでございます。ぶっちゃけて申し上げますが、私としては、信孝・勝家路線を粉砕することが第一。それさえ防げれば御の字でして」

筑前はにっこりと笑ってみせた。恐らく筑前の本音であろう。奴にとって最大のライバルは権六であるのだから。納得出来る答えだった。もちろん、そこに筑前なりの計算はあるのだろう。後見からはずれるとは言え、三法師様擁立を提案したのは筑前である。彼の影響力は、今後も残ることになる。しかしそれくらいは許してやろうではないか。なにしろ、この名案を思い付いたのはこの男なのだから。

しまった。完全に筑前に、取り込まれている。

「どうか、丹羽様。私に力を貸して下さい」

筑前は頭を下げた、困ったことになった。今や、三法師様擁立が一番の策だと思えてならない。このままでは、本会議で筑前の側に付いてしまいそうだ。いや、織田家のためにはそうするべきなのだ。しかしそれで権六が納得するとはとても思えない。信孝様や信雄様も、簡単には引き下がらないだろう。会議が紛糾するのは目に見えている。

私はどうすればいいのだ。

そんな私の困惑を見て取ったか、筑前はこんなことを言った。

「明日の会議では、後継者の決定の他に、『遺領配分』について話し合われます。もし丹羽様がこの筑前の側に付いて下さるなら、なんとか私の出来る範囲で、便宜を図ろうと思っておりますが、いかがでしょう」

「遺領配分」と来たか。領主がいなくなった領地を、残った者で新しく配分し直すのだ。今回は、亡くなった信長公、信忠公、そして明智光秀の持っていた領地を、残った我々で配分する。それには、論功行賞の意味もあった。つまり功績のあった者ほど、大きな領地を貰えるのだ。

筑前は分かっているのだ。本能寺の変の直後、私が大失態を犯したことを。もっとも京に近いところにいたにも拘らず、私と信孝様の軍は明智を討ち損ねた。そのどさくさに、居城である佐和山城を明智勢に奪われるという醜態もさらした。

よって今回の「遺領配分」については、私は諦めていた。本来ならば、今の領地を没収されてもおかしくない立場なのだから。

「便宜を図るとは、どういうことだ」

「丹羽様は、山崎の合戦後も、織田家存続のために力を尽くして下さいました。その功績は当然、讃えられるべきです。私としては、丹羽様には、近江二郡を貰って頂きたい。その旨、会議で提案しようと思っているのですが、受けて頂けますか」

そうなのだ。論功行賞の場というのは、結構難しいのだ。己の手柄を認めてくれと言うようなもので、自分の口からは、なかなか言い出しにくい。筑前に提案してもらえるなら、これほど嬉しいことはなかった。反対する者などいないだろう。

弱った。どんどん筑前の味方をしたくなってきたではないか。

筑前が部屋を出て行くまで、私は明確な返事は控えたが、実質、否定しなかったということは、もはや了承したも同じであった。筑前はそう理解して部屋を去って行き、私もそのつもりで彼を見送った。

一人になってから、ゆっくりと考える。やはり羽柴筑前はただ者ではない。私は、筑前にとって、最大の敵の一人であった。あの男は今夜、敵の総本陣に一人で斬り込んで来たのだ。そして私をたらし込み、説得し、とうとう納得させてしまった。

権六にそんな芸当が出来るか。あいつが女子にうつつを抜かしている間、筑前は常に先を読み、用意周到に根回しを行なっていた。領地の配分まで、既に筑前の頭の中には構想が出来ている。

これからの時代、本当に必要なのは、筑前のような男なのだ。

柴田権六勝家は、決して悪い男ではない。しかしあまりに感情に走り過ぎる。筑前の言う通り、今は織田家にとっての正念場である。権六に任せてしまっていいものか。

ここは思い切って、筑前に賭けてみるか。彼に織田家と、そして我が丹羽家の未来を託すのだ。

一方で、権六のことも気にかかる。土壇場で私が筑前の側に付いたら、私を信じきっている権六は、さぞやショックを受けるに違いない。

心情的には、やはり権六を応援したい。しかし、利を考えると、間違いなく筑前秀吉なのである。

一体、私は明日、どちらに付けばよいのだ。

明日、すべてが決まるのだ。明日。

四日目

一　天正十年六月二十七日　朝

お市の方の場合（現代語訳）

大丈夫なのだろうか。もちろん権六勝家のことだ。今日が勝負だというのに。今日の本会議ですべてが決まってしまうというのに。あの男にはそれが分かっているのかしら。

今朝の権六が、あまりにも楽天的で悠長に構えているもんだから、私、思わず雷を落としてしまった。最近は人前で、なるべく怒らないようにしているんだけど、歳のせいで気が短くなったとか言われるのが嫌でね。でも今日ばかりは腹が立って腹が立って。

権六は、今日の会議はこちら側の圧勝だと自信満々。

「信孝様の株はうなぎ上り。出席者のうち、議長の丹羽長秀はこっちの味方、未だ態度をはっきりさせていない池田恒興も、昨日のイノシシ狩りを見れば間違いなく信孝擁立に傾いたはず。となれば、秀吉側にいるのは信雄様ただ一人。これで滝川一益が間に合えば、数で言えば五対二。勝ちは目に見えております」

なんてことを権六は嬉しそうに言う。

何を暢気《のんき》なことを言ってるんだか、このもうろく爺いっ。

確かに信孝の評判はいいけれど、それですべてがうまく転がるとは限らない。会議で一番大事なのは根回しなの。私の調べでは、昨夜遅く、秀吉が丹羽と会っている。二人で一体何を話したのか。まさか丹羽が裏切るとは思えないけど、相手は秀吉よ。どんな手を使ってくるか分かりゃしない。池田だって、確実にこっちに付く確証は何もないし。どうしてもう一押ししておかないのよ。そもそも、来るかどうかも分からない滝川なんか数に入れてはいけないわ。池田が向こうに付けば、三対三。これで丹羽が土壇場で寝返ったら、二対四で、こっちの負けじゃない。

丹羽と池田には、くれぐれも会議の前に念を押しておくようにと、権六にはきつく言っておいた。分かりました、と頷いていたけど、頼りないったらありゃしない。ああ、もう、あいつに任せていいて本当に大丈夫なの？　だんだん不安になってきた。

二　同年同月同日　同時刻

柴田勝家の場合（現代語訳）

いよいよ今日は本会議の日。身が引き締まる思いである。今朝は嬉しいことがあった。お市様に呼ばれて激励を受けたのだ。儂の手を握り、儂の顔を見つめて、織田家の将来はあなたに掛かっていると、お市様はおっしゃった。それはもう、吐息が頬に当たる近さだった。ちょっと首を前に出せば、鼻と鼻がくっついてしまうほどの至近距離。「分かりました」としっかり頷いてみせると、お市様は安心されたご様子であった。よほど儂を頼りにしておられるのだろう。

あのお方は、ちょっと心配性なところがあるので、昨夜五郎左と藤吉郎が会っていることを、とても不安がられていた。まだ本人に会って真意を聞いてはいないが、まあ、五郎左に限って、藤吉郎に付くようなことは天地がひっくり返ってもないだろう。だから儂はそれほど心配はしていないのだ。

そう言えば、勝三郎もひょっとしたら藤吉郎側に付くのではないかと、お市様はおっしゃっていた。奴は案外気が小さいので、ここは恫喝《どうかつ》しておこう。朝飯でも一緒に食って、別れ際に「絶対に藤吉郎の味方をするな」と、一発、凄みを利かせておくのだ。これで奴は間違いなく、儂の言いなりだ。

いよいよである。なんとしても、お市様の期待には応えなければならん。必ずや、信孝様を後継にし、藤吉郎に一泡吹かせてみせる。

それにしても、お市様との新居はどこに構えればよいものか。さすがに正式に夫婦となれば、遠距離結婚というわけにはいくまい。儂がこちらに住むわけにもいかないだろうから、その時は、お市様に北ノ庄の城まで来て頂くしかないが。寝屋は別々なのだろうか。布団は別々でもいいから、部屋は一緒が嬉しいな。

三　同年同月同日　同時刻

羽柴秀吉の場合（現代語訳）

丹羽長秀は間違いなく寝返る。丹羽様のように、頭で考えて行動するタイプの人間は、むしろ与し易いのだ。道理を説けば納得してもらえるし、利益を持ち出せば、必ず食いついてくる。むしろ骨が折れるのは、親父殿のように単純で、感情で動くタイプだ。

心配ない。丹羽様は必ずオレに付く。もし脈がないのなら、オレと会った後、すぐに親父殿に報告に行ったはずだ。その様子がないということは、きっと今も悩んでいるのだろう。悩めばいい。悩めば悩むほど、冷静になり、冷静になれば、オレに付く以外に、生き延びる手がないことに気づく。ここでもう一押しするかどうかは難しいところだが、今はあえて突き放しておくことにしよう。向こうは、オレに背中を押して欲しがっている。だからあえて押さずに、奴を不安にさせるのだ。安心は人を愚かにし、不安は人を賢くする。賢くなれ、丹羽長秀。

あとは池田恒興だ。損得で動く男の場合は当然、「得」で釣る。この後、一緒に朝飯を食う約束になっている。そこで、遺領配分で便宜を図ってやると言えば、丹羽様以上に乗っかってくるはずだ。摂津大坂くらい、渡してやるか。多少大盤振る舞いな感じもするが、ここでけちっても仕方がない。奴には会議で最初にオレ派であることを表明してもらうつもりでいる。それで会議の流れが出来る。摂津に匹敵するだけの価値は十分にある。

滝川一益は、むしろ親父殿に似たタイプで、完全な感覚派。説得するのは難しいと思っていたら、会議に間に合わないという。これはラッキーだった。たとえ今日になって清須に戻っても、黒田官兵衛が城の外で食い止める手はずになっている。

信孝様を除けば、可哀想だが親父殿に味方する者はいない。まさに堀を埋められた城のようなものだ。

会議の結果は、始まる前に決まっている。それがオレのやり方だ。だが、戦と同様、蓋を開けてみなければ、何が起こるか分からない。まだまだ油断は禁物だ。遺領配分にしても、親父殿の好きにさせるわけにはいかないからな。他にないか、今のうちに出来ることは？　まだ時間はある。もう少し考えるとしよう。

四　同年同月同日　同時刻

丹羽長秀の場合（現代語訳）

昨夜は眠れなかった。

筑前に付くか、権六に付くか。ここで判断を誤れば、私は生涯後悔することになるだろう。

人生でもっとも大きな決断をしなければならないのだ。眠れるはずもない。

今さっき、権六がやって来た。昨夜、私が筑前と会ったことは当然、耳に入っているだろう。恐らく私の気持ちを確かめに来たのだ。お市様に何か言われたのかもしれない。権六は、一切そのことには触れなかった。彼は、今日の会議に対する意気込みを熱く語り、自分がいかに織田家に対して恩義を感じているかを語った。そしてその織田家を守るために、命を賭す覚悟であることを、私の前で改めて誓ってみせた。

権六に任せれば、確かに織田家は安泰だろう。だがそれはあくまで、その場しのぎだ。五年後はどうする。十年後は。関東には北条、四国には長宗我部、西には毛利、そしてその向こうには九州の大名たちがいる。権六に彼らと渡り合うだけの才覚があるのか。お館様の悲願であられた天下統一を、権六と信孝様のコンビで成し遂げることが出来るのか。

権六に二心はない。彼は本気で織田家に尽くすつもりでいる。それは分かっている。今はお市様の毒牙《どくが》にやられて、多少冷静さを失っているが、権六は純粋な男である。純粋であるがゆえに、危うい。彼が熱く語れば語るほど、逆に羽柴筑前守秀吉という男の賢さ、大きさが見えて来る。そして狡さも。

情を取るか、利を取るか。会議を直前にして、私はまだ答えを出せていない。

五　同年同月同日　その一時間後

池田恒興の場合（現代語訳）

どうやら間違いなく、清須会議のキャスティング・ボートは俺が握っているようだな。今朝はまず早々に柴田勝家がやって来た。俺たちは飯を食った。勝家は、昨日のイノシシ狩りの話や、信長公が生きていた頃の思い出なんぞを、長々としやがって、俺が欠伸《あくび》を嚙み殺して聞いていると、ようやく最後の最後に、あのでかい目玉で俺様を睨みつけて言った。

「会議では、決して藤吉郎の側に付くんじゃないぞ」

まったくおかしな爺さんだ。そんな脅しで、この俺がひるむとでも思ってるのか。池田恒興もなめられたもんだぜ。俺は自分の生き方は、自分で決める。俺が勝家側に付く時は、脅されたからじゃない。そっちの方が得だと踏むからだ。

その後、秀吉と約束していたので、朝飯を食った。まったく俺は一日何回朝飯を食ってるんだ。キャスティング・ボートも骨が折れるぜ。秀吉は、勝家よりはまだましだった。遺領配分のことを持ち出してきた。自分の側に付けば、摂津を俺に回してくれるらしい。悪い話じゃない。

だが、俺は返事はしなかったよ。秀吉には悪いが、もう少し様子を見ることにした。ここで俺が首を縦に振らなければ、奴は、もっといい条件を出してくるかもしれない。せっかくのチャンスなんだ。少しでも自分を高く売りたいんでね。

それにしても、面白いことになってきた。俺の動向によって、歴史がどっちに動くか決まるんだからな。織田家の将来が、俺に掛かっている。ということは、日本の将来が俺に掛かっているということだ。

歴史を動かすキーパーソンの立場、もう少し、楽しませてもらうことにするぜ。

六　同年同月同日　同時刻

織田三七信孝の場合（現代語訳）

今、私は熱田神宮に来ている。早起きして一人、馬を飛ばして来たのだ。ここは、父織田信長が桶狭間に出陣する前、戦勝祈願をした場所である。

父上、どうか私に跡を継がせて下さい。必ず織田家を守り、そして父上の悲願であった天下統一を実現してご覧に入れます。我に力を。

七　同年同月同日　同時刻

織田三介信雄の場合（現代語訳）

しつこいようだけど、イノシシ狩りは時の運だと思うんだよなあ。あれで判断して欲しくないんだよ。次は鷹狩りがしたい。鷹の扱いは、おれ、うまいから。絶対勝つ自信あるよ。あとは、ぶどう狩りかなあ。おれ、結構器用にぶどう取るよ。ぶどうは、上の方から甘くなっていくから、一番下のを食べて甘ければ、全部甘いってことなんだ。

八　同年同月同日　同時刻

織田三十郎信包の場合（現代語訳）

ほう、今日から会議か。まだ始まっていなかったのか。とっくにやっているのかと思っていた。

今の私は織田家にとって扶養家族のようなもの。実質的にはまったく働いていないので、ただ飯を食っているわけである。織田家の当主が信雄になるにせよ、信孝になるにせよ、今後も私の面倒はきちんと見てもらいたい。私の願いはそれだけである。欲を言えば、月々の生活費は、もう少し上げてもらえると嬉しい。茶の湯には金が掛かるものでね。

九　同年同月同日　同時刻

松姫の場合（現代語訳）

私の願いはただ一つ。あのお方の血を絶やさないこと。それがあのお方の御遺志。私はそのためだけに生きているのです。これからもずっと。

十　同年同月同日　同時刻

黒田官兵衛の場合（現代語訳）

殿、いよいよでございますぞ。この清須会議こそが天下取りへの第一歩。心して掛かりましょう。あなたは、この黒田官兵衛が「仕えるならばこのお方しかいない」と見込んだお人。

織田信長公の跡を継ぐことが出来るのは、信雄でもなければ、信孝でもない。羽柴筑前守秀吉です。

会議の間、私は表門の外に控えております。万が一、滝川一益様がご到着になられても、決して会議室には近づかないよう、力ずくで引き止めてみせます。どうかご安心を。

十一　同年同月同日　同時刻

滝川一益の場合（現代語訳）

権六、待っていろ。もうすぐ到着するぞっ。昨日から走りっぱなしで、足腰ガタガタだが、なんとかまだ立っていられる。我ながらすさまじい精神力だ。それもこれも、会議に出たい一心。頼むから、俺を待たずに会議を始めたりはしないでくれよ。あと少しだけ辛抱していてくれ。もう清須は目の前だ。

おや、またでかい川があった。大井川はとっくに越えたし、この川は一体、なんだ。……あの、すみません、そこの猟師さん、これは何川ですか。……え、木曾川っ。

しまった、行き過ぎたっ。

十二　同年同月同日　その一時間後

清須城、居室にて前田利家の回想（現代語訳）

私は、親父殿こと柴田勝家様の、真っすぐな気性に惚れている。上司として頼りになるし、なにより人間として尊敬している。

一方藤吉郎だが、彼は古くからの友人ではあるが、あいつにはそういった、器の大きさを感じない。才気はある。人を惹きつける魅力も持っている。だが、私から見ると、常に計算で動いている感じがしてならないのだ。奴の言葉には心がない。

しかし人間というものは、一面で語れるほど単純には出来てはいない。親父殿にも策士としての一面はあるし、そうでなければ戦国の世を生き抜くことは出来ないだろう。藤吉郎にも純粋なところはあって、彼の仕事に対するひたむきさや、お館様への忠誠は本物だった。それは近くにいた私が一番よく分かっている。だからこそ、私は今でも彼を終世の友だと思っている。だから辛い。

上司と親友の争いは、出来れば見たくなかった。幸いというのもおかしな話だが、私は今日の会議に出席しない。あくまでも柴田勝家という一武将の与力として、今、私はこの清須にいる。もし自分が、宿老の立場にあって、会議の席上でどちらかの側に付かねばならなかったとしたら、一体どうしただろう。考えただけでもぞっとする。

もし可能ならば、今後は親父殿が中心となり、その脇で藤吉郎がフォローする形になって欲しい。それが織田家にとっては一番理想的な形だと、私は考える。いや、誰もが思っているはずなのだ。それを実現するために自分に出来ることはないか、もう少し考えてみたいと思っている。


さて、今朝のことである。

親父殿の身支度を手伝っていると、そこへ寧殿がひょっこりと顔を出した。「羽柴筑前守秀吉の奥方が、なぜこんなところに」と驚いたのは、仕えて日が浅い近習《きんじゅ》の者たちである。

「そんなに不思議がることはない。私と藤吉郎は、清須に住んでいた頃は家が隣だったのだ。細君同士も仲が良く、しょっちゅう調味料の貸し借りをしていた間柄なのだ」

私が説明してやると、若い者たちは、そんな時代があったのかと、皆、一様に驚いていた。

親父殿は寧殿を見つめ、当時を懐かしんだ。

「あの頃は、儂にとっては、藤吉郎も犬千代も、可愛い息子のようだった。よく夫婦揃って四人で儂の家に遊びに来たな。皆で朝まで飲んだこともあったぞ」

「昨日のことのように思い出します」

寧殿は昔と変わらない笑顔を見せた。

「寧殿、今日はどうされたのです。これから会議というのに」

私がそう尋ねると、寧殿は突然真剣な表情になって、

「実は親父様に大事な話があるのです」

と言った。ただならぬものを感じた私は、すぐさま近習たちを遠ざけた。

「一体、どうしたのだ」

親父殿の寧殿を見る時の、まるで娘に接するような温かい眼差しは、昔と少しも変わらなかった。

「親父様。私は辛いのです」

寧殿はかなり悩んでいる様子であった。

「私はもう、己の出世のために躍起になる夫を見たくないのです」

寧殿が言うには、お館様が亡くなってから、藤吉郎はひどく変わったらしい。どうすれば

織田家の筆頭家老になれるか、それしか彼の頭にはないのだという。目つきも悪くなり、まるで権力に取り憑《つ》かれた餓鬼のようである。出来れば、昔のように、貧しくても幸せな時代に戻りたいと、寧殿は訴えた。親父殿は大きく頷いてみせた。

「その気持ちはよく分かる。儂も昔の藤吉郎が好きだった」

　寧殿は黙ってうつむいている。泣いているようだ。よくよく見ると、親父殿ももらい泣きしている。私は彼女に尋ねた。

「あなたのお気持ちは理解しました。しかしその話をなぜ、親父殿に打ち明けるのですか、しかもこのタイミングで」

「私は夫を愛しています。愛するがゆえに、私は親父様の側に付くことにしました。私、今日の会議で夫の野望を打ち砕く、とてもいい方法を思いついたのです。親父様にぜひそれを聞いて頂きたいのです」

　私が驚いて親父殿を見ると、親父殿もまた呆然とされていた。そして寧殿は、夫藤吉郎を陥れる驚くべき秘策を語り始めた。

「夫は明智を討ったことを理由に、遺領配分の場で、出来るだけ多くの領地を手に入れようとしています。昨夜も明智の領地だった丹波が欲しいと、晩酌しながら申しておりました」

「そこまで考えておるのか。儂は後継者のことで頭がいっぱいで、遺領配分まで頭が回らなかったが」

「親父様、くれぐれも夫に、思い通りの領地を与えてはなりません」

「しかし遺領配分は、論功行賞の場でもある。手柄を立てた者は、必然的に領地が増えることになっておる」

「夫の好きにさせては、あの人は、力をつけるばかりです」

「藤吉郎を封じ込める、何か良い手があるというのか」

「ございます」

寧殿が声を潜めたので、親父殿と私は彼女に顔を近づけた。

「安土城が焼けてしまい、これからの織田家は岐阜城が中心になると聞きましたが、まことですか」

「恐らくそうなるだろう。安土城の再建も、何年先になるか分からんからな」

「そこで夫には、美濃から出来るだけ離れた領地を与えるのです。その代わり、今の領地の長浜を召し上げてしまう。つまり、夫を織田家から遠ざけてしまうのです。いかがですか」

「なるほど、面白い。確かに織田家から遠ざけてしまえば、いちいち政治に口を挟むことも難しくなる。しかし、寧殿。そなたまで住み慣れた長浜を去ることになるぞ」

「長浜を去るのは、私としても寂しいですが、それで夫が昔のあの人に戻ってくれるのなら、我慢もしましょう」

「よくそこまで決心したものだ」

親父殿は深く感心した様子だった。

「寧殿、話は分かった。しかし藤吉郎が山崎の合戦でお館様の仇を討ったことは事実だ。その褒美が、あまりに遠方の領地では、あいつも納得しないだろう。美濃から遠く、そこそこ藤吉郎が納得するような場所があるだろうか」

「例えば、山城あたりはいかがでしょうか。あそこなら京もあるし、夫も決して嫌とは言わないでしょう。そして山城は、こちらからすれば琵琶湖の反対側になります」

親父殿がはたと膝を打った。

「いい線かもしれん」

寧殿は、親父殿の前で深々と頭を下げた。

「なにとぞ、我が夫秀吉の思い通りにはさせないで下さい。お願いいたします」

寧殿が帰って行った後、私は親父殿としばらく話し合った。親父殿はかなり上機嫌だった。

「長浜は儂が貰うとしよう。そうすれば、琵琶湖の東、能登から近江に至る北陸はほぼ儂の領地となる」

「それよりも私は寧殿が不憫《ふびん》でなりません。夫を愛するがゆえに裏切る。そこまで彼女は追いつめられていたと思うと、胸が痛みます」

「同感だ、藤吉郎も罪な男だな」

親父殿は支度を整えると、気合いを入れるために自分の頬を何度も叩いた。私は神棚から小さな革袋を手に取ると、儀式が終わるのを待って、親父殿に渡した。袋の中には、本能寺の焼け跡から親父殿が持ち帰った、焦げた小さな木片が入っている。それは親父殿にとっては、亡きお館様の遺灰代わりであった。親父殿は、袋を額に当て、願をかけると、そっと懐に仕舞った。私は襟の乱れを直して差し上げた。

「遺領配分をこちらのペースで進めるには、その前の後継者選びで主導権を握る必要があります。ここは、なんとしてでも信孝様に当主になってもらわなければなりませんね」

「そのようだな」

親父殿は、固く口を一文字に閉じ、静かに目を瞑《つむ》った。戦に出る前の表情と同じだった。

私は親父殿に告げた。

「間もなく会議が始まります」

十三　秀吉の妻、寧の日記。六月二十七日分抜粋（現代語訳）

人を騙すのは、もちろん好きではない。相手が知人、それもお世話になった人の場合は、特に嫌だ。しかし、夫に「やれ」と言われれば、断るわけにはいかなかった。

親父様に会った後、寺に戻ると、藤吉郎に今のことを報告した。

「親父様はすっかり信じ込みました」

藤吉郎は家来たちに仕度を整えてもらいながら、私の方を振り向いた。

「で、どうだった、親父殿は」

「私の案を採用して下さると、約束されました」

「上出来だ、寧」

準備が出来た藤吉郎は立ち上がると、人目もはばからずに私を抱きしめた。そしてまるで子供のようにひとしきり喜んだ後、こう言った。

「では行ってくるぞ」

十四　前田玄以による本会議議事録一（現代語訳）

六月二十七日。昼過ぎ。清須城大広間、通称評定部屋におきまして、本会議が開かれました。ここはかの桶狭間の戦いの際、家臣が集まって軍議を行なった場所であります。今回は、私前田玄以の発案で、上座に祭壇を設け、亡き信長公が京の馬揃えの際に着用されていた、南蛮の甲冑を飾らせて頂きました。これが非常に好評で、「まるで信長公が生き返って自分らを見守って下さっているようだ」という声を多数頂戴いたしました。

今回の出席者は次の通りでございます。

織田三介信雄様
織田三七信孝様
丹羽長秀様
柴田勝家様
羽柴秀吉様
池田恒興様

議長は丹羽様が、書記は私前田玄以が務めさせて頂きました。

今回の議題は大きく分けて二つございます。「家督相続」と「遺領配分」。丹羽様の進行で、「家督相続」、すなわち織田家の新当主を誰にするかについて、討議が始まろうとした時、羽柴様が突然、手を挙げられました。

「その前に一つよろしいですか」

羽柴様が提案されたのは、次のようなことでございました。織田家の今後を話し合う時に、当事者であられる信雄様と信孝様がその場にいらっしゃると、遠慮なく議論が出来ない。御本人たちも、相手に気を遣って、何かとやり辛いはず。会議が終了するまで、お二人には別室でお待ち頂くのはどうであろうか。

羽柴様は信雄様にご意見を求められました。信雄様は、

「確かにそれは一理ある」

とおっしゃいました。ご自身の意見を持たないお方なので、これはどうやら事前に羽柴様と示し合わせていたものと思われます。羽柴様としては、信孝様のいるところで、信雄様を推すことにためらっておられるのかと、その時の私は推察いたしました。羽柴様は次に信孝様に顔を向けました。

「信雄様はそう申しておられますが、信孝様はいかがでございましょう」

「私もそれがいいと思う」

本命候補の信孝様にしてみても、兄の前で、自分が後継に決まることに、いささか居心地の悪さを感じられていたのかもしれません。

お二人が同意されたので、柴田様をはじめとした宿老の皆様が、これに異を唱えるはずもなく、こうして信雄様、信孝様は、退室し、それぞれのお部屋へ戻られました。

その時、織田信雄

とりあえず退席したけど、おれにはそれにどういう意味があるのか、よく分からない。会議が始まる前に、秀吉から「信雄様は一旦退席された方がよい」とアドヴァイスをされて、それに従っただけだ。とにかく秀吉が「ここは自分に任せてくれ」と胸を張って言うもんだから、おれは奴にすべてを託したんだ。まあ、あのまま部屋に残っても、たいしたことは言えないから、おれもそれが一番だと思っている。あとは頼んだぞ、秀吉。

その時、織田信孝

実を言えば、もし秀吉が言い出さなくても、私は同じことを提案していたと思う。ここは柴田権六に任せて、自分は退席するのが一番だと考えていたからだ。
あの席で私に後継が決まると、当然信雄兄は黙ってはいないだろう。別にあいつが何をほざこうがどうでもいいことだが、宿老たちの前で我々兄弟が言い争うのは、やはり避けるべきだ。ここは我らは一旦引いて、権六と秀吉の代理戦争の形を取った方が、どう転んでも（私が転ぶことはまずないが）、織田家に傷がつくことはなくなる。ベストの選択だと思う。
ただし、秀吉が何を目論んであんなことを言い出したのかは、謎であるが。

その時、羽柴秀吉

まずは作戦成功だ。信雄を部屋から出したのは、あいつはまだオレが自分を担ぐと思い込んでいるから。目の前で三法師擁立の件を持ち出されれば、さすがにどんな馬鹿でも怒り狂うだろう。信孝が同調してきたのは意外だったが、これで奴もいなくなれば、ますます仕事がやり易い。これで敵は親父殿ただ一人となった。そして親父殿はそのことにまだ気づいていない。

議事録より

さて、信雄様と信孝様が出て行かれ、部屋には四人の宿老と私だけが残りました。いよいよ本会議の始まりです。

「まずは織田家の家督を誰が相続するか、について話し合いたいと思います。ご意見のある方、どうぞ」

議長の丹羽様の言葉に、まず応えたのは柴田様でした。目の前に飾られた信長公の甲冑を眺めながら、柴田様はおっしゃいました。

「お館様の後継者は、三七信孝様以外にない。昨日のイノシシ狩りで見せたあの勇姿を、皆、思い出して頂きたい。文武共に秀でた信孝様こそが、織田家の当主となるべきお方と心得る」

その時、柴田勝家
先制攻撃である。イノシシ狩りの話を持ち出せば、聡明な弟の姿と共に、誰もがあの暗愚な兄の情けない姿を思い出したはずだ。さて、その空気の中で、果たして藤吉郎は、信雄を推すことが出来るか。どう出る、藤吉郎。

議事録より
「柴田殿より信孝様という案が出た。これに対し、他の意見はありますか」

丹羽様の言葉で、人々は一斉に羽柴様に目をやりました。しかし羽柴様は黙ってうつむいたまま。発言する様子はありません。そのまましばらく時間が過ぎていきました。

「羽柴殿、何か言うことはないのか」

丹羽様に促されると、羽柴様は静かに頷いてから、

「さようでございますなあ」

と一言つぶやかれました。

その時、羽柴秀吉

ここは焦《じ》らすに限る。親父殿は、オレがすぐに異議を唱えると思い込んでいる。人は思い通りに事が進まぬと腹が立つもの。オレが黙っていれば、親父殿はやがて怒り出す。怒れば、平常心を失い、判断を誤り、言わなくていいことまで言ってしまう。特に親父殿には失言癖がある。そこを突いて、一気呵成に反撃に出るのだ。ここは、もう少し待って、あの爺さんを困らせるとしよう。

議事録より

「もし他に意見がなければ、後継は信孝様ということで決まるが、皆々様、それで、よろし

いか」

もちろん丹羽様は、羽柴様に向かっておっしゃったのですが、羽柴様はやはり一言も口を開こうとなさいません。たまに天を仰いでため息をつくあたりは、何かを考えているようにも見受けられます。柴田様のお顔が次第に赤くなるのが分かりました。どうやらお怒りのご様子。

「藤吉郎、どうした、何か申してみよ」

それでも羽柴様は沈黙を続けます。柴田様は遂に大声を張り上げました。

「藤吉郎、お前が信雄様を推していたのは、誰もが知っていること。なぜ何も言わん。それともあまりの暗愚ぶりに、さすがに担ぐのは気が引けたか」

その時、初めて羽柴様が口を開かれました。

「柴田様。今のお言葉、聞き捨てなりませんな。曲がりなりにも信雄様はお館様の血を引くお方。それを暗愚とは、いささか言葉が過ぎるのではありませんか。それはお館様を愚弄するのも同じ。お館様の甲冑の前でよくもまあ、そのようなことを申されたわ」

羽柴様の指摘にさすがの柴田様も顔色を失いました。慌てて「言葉が過ぎた」と謝る柴田様の声は、驚くほど小そうございました。

いきなりシュンとなった柴田様を前に、羽柴様はご自分の思いを語り始めました。

「私は決して信雄様を暗愚とは思いませんが、お館様の跡を継ぐのにベストなお方だと、胸を張って言うことは出来ません。実力、そしてお人柄、どれを取っても信孝様こそが、当主に相応しい。それは認めましょう。しかし、お生まれの卑しさはいかんともしがたい。まさに人柄の信孝様、家柄の信雄様といったところ。これでは、どちらが跡を継がれたところで、必ず遺恨は残ります。信雄様にも信孝様にも御家来衆が付いております。彼らが黙って引き下がるはずもなく。どちらかが家督を継げば、必ずもう一方が反発する。私はそれを心配しているのです。下手をすれば将来、織田家の分裂を引き起こすことにもなりかねない」

「では、羽柴殿はどうすればいいと思うのか」

丹羽様の問いに、羽柴様は平然とした表情で、こうお答えになりました。

「となれば、道は一つしかありません。信雄様、信孝様、お二人共に、後継者選びからはずさせて頂く。採るべきは第三の道」

これには誰もが驚かれた様子でした。柴田様は啞然《あぜん》とした表情で腰を浮かせて半立ち状態。すかさず丹羽様が羽柴様に尋ねます。

「では羽柴殿に聞く。第三の道とは何か」

「三法師様を新当主といたします」

ある。

その時、柴田勝家

何を馬鹿なことを言っているのだ。藤吉郎は頭がおかしくなったか。信雄では信孝様に勝てないと分かったら、今度は三法師様を担ぎ出すとは。まったくもってあり得ない話である。

議事録より

「あり得ない話である」

柴田様は、吐き捨てるようにおっしゃいました。それに対して羽柴様が反論。

「あり得ないことではない。三法師様は信忠様の御嫡男。織田家の正当な跡継ぎです」

「しかしまだ赤子ではないか」

「だからこそ、我らで守り立てていくのです。それがひいては織田家家臣団の結束に繋がっていくと、私は考えます」

「無理に決まっておる。三法師様が今後どのような武者に成長されるかも分からんではないか。名前を出して申し訳ないが、思い切って言ってしまおう、もし信雄様のような男になってしまわれたら、どうするのだ」

「そうならぬように我らが教育する」

「信孝様で良いではないか。あのお方には織田家当主としての器量がある。織田信長公の遺志を継げるのは、信孝様しかいない」

柴田様と羽柴様はしばらくやり合っておられました。しかし埒《らち》があく様子もなく、遂に羽柴様がぶち切れました。

「柴田様は何か思い違いをなされておられます。これは織田家の跡目を決める会議ではないのですか。天下人としてのお館様の跡を継ぐのであれば、信孝様で申し分ない。しかし織田家の当主となると話は別。六年前の天正四年、お館様は嫡子信忠様に既に家督をお譲りになられておられる。よって我らが決めるべきは、お館様の跡継ぎではなく、信忠様の跡継ぎなのです。信忠様には三歳とは言え、三法師様という立派な御子がおられます。にも拘らず、なぜ信孝様が家督を継ぐ必要があるのです。こんなおかしな話はない」

これにはさすがの柴田様も返す言葉がありません。黙ったまま、厳しい表情で羽柴様を睨みつけるだけでした。

その時、柴田勝家

落ち着け、権六。まずいことになった。三法師様のことなど、思いもしなかった。藤吉郎め、信雄様を擁立するように見せかけて、そんなことを考えていたのか。小癪な奴だ。しかし困った。あまりのことに動揺してしまい、頭が働かない。そしてなにより問題なのは、藤吉郎の言うことがなんとなく正しいような気がするところだ。いかん、このままでは奴の思うがままだ。五郎左、助けてくれ。なぜ、さっきから黙っているのだ。

その時、丹羽長秀

権六は今、混乱している。彼なりに理論武装はしてきたはずだが、それも筑前が信雄を推すと想定してのこと。いきなり三法師擁立と聞いて、権六の思考はほとんどストップしているはずである。恐らく、お館様の跡継ぎではなく、信忠様の跡継ぎを選ぶべきという、筑前の理屈も、権六には半分も分かっていないだろう。

さて、私はどうすればいい。池田恒興がどう出るかまだ分からないが、空気を読む男である。今の流れで行けば、筑前に付くのはまず間違いない。これで私まで筑前側に回れば、完全に権六は孤立する。三対一で三法師が新当主に決まる。しかしそれでいいのか。新体制下で筑前の発言力はさらに高まり、そして権六の権威は失墜する。彼は私の裏切りを許さないだろう。これまで続いてきた我々の友情は、今日を境に消え去るのだ。本当にそれでいいのか。本当にそれで。

その時、池田恒興

秀吉もずいぶんと意外な手を使ってきやがったな。まさか三法師の名前を持ち出すとは。面白いじゃねえか。確かに奴の理屈は正しいかもしれない。実質、織田家は信長公が率いていたが、家督自体は、安土城を建てた時、既に信忠公に譲っているんだ。あまりに信長公の存在が大きかったんで、皆、そのことを忘れていたんだな。信忠公の跡継ぎは当然嫡男の三法師だ。これにはさすがの権六さんも異論を唱えるわけにはいかんだろう。

さあ、これからどうなる。これで他の宿老のうち、誰か一人が秀吉に付けば、一気に流れが変わる。だが丹羽様は沈黙を守っている。どうやら様子を窺っているようだ。まあ、あの人と権六さんとは盟友だ。そう簡単に秀吉側に付くことは出来ないだろう。

となると、俺しかいないってことになる。今、俺が「私も三法師様が良いと思います」と言えば、完全に流れは秀吉に傾く。奴もそれを待っているはずだ。最終的に三法師に決まれば、俺はまさに功労賞だ。後々、秀吉には感謝されるだろう。

だが、待てよ。あまり自分を安売りするのもどうだろう。秀吉に「池田恒興は結局俺の言いなりだ」と思われるのも癪だ。ここは態度を表明するのを後に延ばして、秀吉をヒヤヒヤさせてやるか。少しは親父殿の味方もしといてやらねえと、後で何言われるか分かったもんじゃないからな。どのみち、俺より先に丹羽様が秀吉に付くとは考えにくいし、もう少し、遊ばせてもらうことにするよ。

議事録より

「羽柴殿に聞きたいことがある」

そうおっしゃったのは池田様でした。羽柴様は落ち着いた様子で答えました。

「質問があれば、聞こう」

「先ほどあんたは、信雄様、信孝様、いずれが家督を継いだとしても、もう一方が黙ってはいないだろう、と言った。だから第三の道を選ぶと」

「言ったが、それが何か」

「たとえ、三法師様が家督を継いだとしても、同じ問題が起こるのではないか。その点は、どうお考えかな」

その時、羽柴秀吉

池田恒興め。何を言い出すのだ。本気でそんなこと心配していないくせに。どうせ、親父殿の手前、オレに刃向かうポーズを取っているだけだろうが、お前のそういう小賢しいところが、オレは嫌いなのだ。おとなしくオレに賛成していれば良かったのだ。さっさとオレ派を表明していれば、今後も目をかけてやったというのに。愚かな男だ。池田恒興、お前がもう一つビッグになれない理由は、そういうところにあるんだぞ。

その時、柴田勝家

勝三郎、よくぞ申した。そうだ、お前の言う通りだ。さすが、良いところを突いてくる。問題はそこなのだ。むしろ三法師様が当主になられた時の方が、反発は大きいはず。だからこそ、信孝様にしておけばいいのだ。勝三郎、もっと言ってやれ。藤吉郎に負けるな。

議事録より

池田様の質問に対して、羽柴様は少しも動じることなく、こうお答えになりました。

「その点は心配しておりません。確かに信雄様も信孝様も、三法師様擁立には、異論がおありでしょう。しかし今、大切なのは織田家が一つになることです。そのためには、ご兄弟で争うのではなく、お二人が力を合わせて、三法師様を守り立てていくのが一番。その理屈が分からない方々ではないはず」

そこまで話すと羽柴様は、姿勢を崩し足を投げ出しました。

「ぶっちゃけた話、信雄様にしてみれば、信孝様が当主になるよりは、三法師様の方がずっとましでしょうが。信孝様だって同じこと。信雄様よりは、三法師様を選ぶはずだ。それでもお二人がぐだぐだ申された時は、仕方がない。信雄様は私が、信孝様は柴田様が、それぞれ時間をかけて説得するしかありますまい。ねえ柴田様」
そう言われて柴田様は、少し困ったような顔をされました。するとその隣で池田様が大げさに膝を叩きました。
「納得いたしました。ここは三法師様しかいないでしょう。羽柴殿に賛成！」

その時、柴田勝家
納得するのか、勝三郎っ。

その時、池田恒興
さあ、これで俺は秀吉一派だ。もう後には引けねえぞ。

その時、丹羽長秀
池田恒興がとうとう筑前側に付いた。権六がかなり落ち込んでいる。権六にしてみれば、池田はてっきり自分の味方だと思っていたわけだから、落ち込んで当然だ。

いよいよ次は私が態度をはっきりさせる番だ。しかしこの期に及んでまだ決めかねている。権六か、筑前か。気持ちとしては筑前だが、池田の裏切りですら、これだけ落ち込んでいるのだ。私が筑前側に付けば、権六はこの場でショック死するかもしれない。

一体、どうすればいいのだ。

議事録より
池田様が三法師様を推されたので、現段階におきまして、候補は信孝様と三法師様のお二人となりました。信孝様は柴田様が推し、三法師様は羽柴様と池田様が推す形となっております。残るは丹羽様。こうなりますと、いやが上にも丹羽様の動向が気になるところでございます。

「丹羽様のご意見が伺いたい」

そうおっしゃったのは羽柴様でした。しかしそれを追うように柴田様も、

「儂も五郎左の話が聞きたい。お前はどちらを推すのか、信孝様か三法師様か」

と、畳み掛けるように丹羽様に詰め寄られました。

しかし丹羽様は、それでも一言もお話しになりません。苦悩の表情のまま、じっと前を見つめたまま、ぴくりとも動きません。

その時、羽柴秀吉

丹羽様は何をためらっているのだ。腹は決まったのではなかったか。まさか土壇場で親父殿に付くというのではないだろうな。昨夜話したことを思い出せ。オレに味方すれば、それなりの処遇をすると約束したではないか。冷静に考えてみろ。親父殿にこれからの織田家をまとめていけると思うのか。それが出来るのはこのオレだけだ。オレを信じろ、丹羽長秀。お前の今後の人生はオレが保証してやる。

その時、柴田勝家

五郎左、なぜ黙っておる。お前が儂の側に付けば、二対二。まだこれから挽回《ばんかい》出来るのだ。だから早く儂の味方に付け。ちょっと待て、五郎左。まさか儂を裏切ろうとしているのではなかろうな。いや、そんなはずはない。疑って悪かった。お前だけにそんなことはあり得ない。

しかしそれにしても沈黙が長過ぎる。五郎左、何を悩んでおる。お願いだから、変な気は起こさんでくれ。ここで藤吉郎に負けてしまうと、お市様に合わせる顔がないではないか。

その時、丹羽長秀

分からない。一体どうすればいいのだ。

その時、羽柴秀吉

長秀、いい加減にしろ。そこまで煮え切らない態度を取るということは、まだ答えが出ていないのか。律儀なあんたのことだ。きっと親父殿を裏切ることが、心に引っかかっているのだろう。

だったら、分かった、いいだろう。オレがお前の背中を押してやろうじゃないか。荒っぽい手だが、こうなったら、それしかない。

議事録より

その後もしばらくの間、沈黙が続きました。丹羽様は決して口を開こうとはしません。すると、突然羽柴様が立ち上がりました。

「厠《かわや》へ行ってくる」

これには誰もが唖然となりました。

「今、席を離れるのはいかがなものでしょうか」

そう言ったのは私です。羽柴様は苦しそうに顔を歪《ゆが》めました。

「腹が痛いのだ。しょうがないだろう」

そして、呆然と見ている丹羽様に向かって、

「後は議長にお任せします」

と言い残し、羽柴様はさっさと部屋を出て行かれました。

その時、羽柴秀吉

一か八かの作戦だ。席を立つことで、オレは、自分の怒りを丹羽長秀に伝えたかった。会議の場から席をはずすのは、確かに賭けだ。いない間に、話が信孝擁立で固まる可能性もある。だが、オレはそうならないと踏んだ。オレがいなくても、オレの存在は確実に残る。無言の圧力というやつだ。いや、この場合は無人の圧力って言った方がいいか。たとえ親父殿が巻き返そうとしても、その時は池田がいる。勝ち馬からは絶対に降りない男だ。必死に親父殿を説得にかかるだろう。

さあ、どうする丹羽長秀。議長として、きちんとこの場を治めてみよ。お前の将来がこの時に掛かっているぞ。

その時、丹羽長秀

筑前が怒っている。腹が痛いというのはもちろん嘘だろう。私の態度が煮え切らないので、筑前は強硬手段に出たのだ。あえて席をはずすことで、私に圧力をかけてきたのだ。彼はこう言いたいのだ。後はお前に託した、議長の権限で権六を諭し、オレが戻って来るまでに、三法師擁立で一本化しろと。

権六は呆気にとられた顔で、まだ筑前が出て行った方を見ている。池田は何がおかしいのか、ニヤニヤ笑っている。

いよいよ決断の時が来たようだ。筑前に試された形になったが、不思議と嫌な気はしない。筑前は私を信じている。そうでなければ、このタイミングで中座はしないだろう。それがむしろ私には嬉しかった。妙な話だが、それを誇りにさえ感じる自分がいた。

ようやく分かった。恐らく、それが、羽柴筑前守秀吉という男の凄さなのだ。

どうやら結論は出たようだ。

議事録より

羽柴様が席を立たれ、室内には丹羽様、柴田様、池田様がお残りになりました。お三人の間には微妙な空気が流れておりました。最初に口を開かれたのは柴田様でございます。

「三法師様を当主にするなんて、そんな馬鹿な話があるか。まだ一人で歩くこともおぼつかない幼子ではないか。我らはもっと現実的な話をすべきだ。そうだろ、五郎左」

丹羽様はお答えになりません。柴田様は続けて、

「藤吉郎がいない間に、さっさと話を決めてしまおう」

とおっしゃいました。しかしこれに対して池田様が反論されました。

「いや、それはどんなもんだろう。ここは羽柴殿を待つべきではないか」

「何を申すか。腹を壊したのはあいつの責任だ。構うことはない。我らだけで進めようではないか」

そして柴田様は、池田様をじろりと睨みつけました。

「それとも勝三郎、きさまは藤吉郎がおらんと何も言えないのか。この腰巾着《こしぎんちゃく》が」

しかし池田様はその挑発には乗らず、

「好きに申すがよろしい」

と、笑ってみせたのでございました。

その時でした。遂に丹羽様が口を開かれました。

「柴田殿、一つ相談なのだが」

丹羽様の口調は非常に落ち着いたものでした。

「ここはどうだろう。三法師様を我らで守り立てていくというのは」

その時、柴田勝家

どういうつもりだ、五郎左。なぜお前が藤吉郎の肩を持つ。自分で言っていることが分かっているのか。

議事録より

丹羽様は続けます。

「どうだろう、柴田殿。やはり後継者は三法師様以外にはないと思うが」

「今さら何を言うか。それでは藤吉郎の思うままではないか」

柴田様の怒号が響き渡りました。

「さては五郎左、きさま」

柴田様のお顔がみるみる赤らんでいくのが手に取るように分かりました。額には青筋が浮かび上がり、いつ眼球が飛び出てもおかしくないほど。それに対して、丹羽様はあくまでも冷静です。顔色一つ変えず、声もいつものように穏やかなまま、こうおっしゃいました。

「羽柴筑前守秀吉は、明智討伐の第一の功労者である。筑前の意見を尊重するのは当然のことではないか」

「儂は筆頭宿老である」

「その筆頭宿老が、山崎の合戦で何をした。お前が京へ着いた時は、既に明智は討たれた後ではなかったか」

こう言われては、さすがの柴田様も反論のしようがありません。悔しそうに丹羽様を睨みつけたまま、絞り出すような声でこうおっしゃいました。

「藤吉郎に懐柔されたな、五郎左」

「ここは羽柴殿の言葉に従い、三法師様に家督を継いでもらうのが一番と心得る。いかがかな、柴田殿」

柴田様はぷるぷると小刻みに震えておられました。

「柴田殿と呼ぶな。我らは盟友ではないか。お前はいつも権六と呼んでいた」

「私は議長である。一切の私情は忘れてこの場に臨んでいる」

丹羽様はそう言い切ると、柴田様を無視するかのように、すっと目をそらし、手元の資料に視線を落としました。その顔には、言いようのない哀しみが宿っているように、私には見えました。

「許せん」

柴田様が立ち上がり、脇差に手を掛けられました。しかし丹羽様も幾多の戦場を経験してこられた猛者。まるで動じません。すわ一大事かと思った次の瞬間、池田様がさっと柴田様に近寄り、脇差を抜こうとするその手を押さえました。

「場所をわきまえよ、柴田殿。勝負はついた」

池田様もまた歴戦の勇士。柴田様を諌《いさ》めるそのお姿は、気迫に満ちて、普段のお姿からは想像も出来ない武者ぶりでございました。

柴田様は、しばらくの間、池田様と睨み合っておりました。やがてそのお顔から、スッと怒りが消えたのが分かりました。落ち着いた声で、

「もう分かった、勝三郎」

と、柴田様がおっしゃったので、池田様は手をゆっくりとお放しになりました。柴田様はストンと腰を下ろされました。そのままうつむかれたので、表情を見ることは出来ませんでしたが、呼吸の乱れが柴田様の心の乱れを表していたように思います。息をする度に、柴田様の大きな背中が揺れました。鼻息だけが、室内に響きました。そしてその間、丹羽様はまるで表情を変えることなく、手元の資料に目を通されていたのでございます。

その時、池田恒興

なんだよ、俺が一番かっこいいじゃねえか。

議事録より

さて、「腹が痛い」と退室された羽柴様でございますが、丹羽様と柴田様が言い争っている間、どこで何をしておられたか。

ここからしばらくは、織田家家臣、堀久太郎《ほりきゅうたろう》様のレポートをお送りします。堀様は武将でありながら、事務関係の仕事にも長《た》け、文官としても重宝される人物。まだ二十代の若さですが、どんな仕事もそつなくこなしてしまうことから、名人久太郎と呼ばれております。今回の清須会議においても、自ら接待役を買って出て、各地から集まった宿老たちのケアを担当して下さいました。

堀秀政は語る

議事録をご覧の皆さん、初めまして。名人久太郎こと堀秀政です。秀吉様は私のことを愛情込めて「きゅーきゅー」と呼んで下さいます。お館様には十三歳の時から仕え、数多《あまた》の戦に参加してきましたが、自分としてはやはり三年前の、浄土宗の僧と法華宗の僧がお館様の前で激論を闘わせた、いわゆる「安土宗論」の際、ジャッジをやらせて頂いたのが印象に残っております。ちなみに本能寺の変の直前、明智が徳川家康様の接待役を降ろされた時に、代わりに抜擢《ばってき》されたのも私。あれも楽しい思い出でした。そういう仕事が自分は好きみたいですね。

さて、先ほど前田様からもご説明がありましたが、この度、私は宿老の皆さんの接待役をやらせて頂いてます。突然の会議招集で、城内に人が溢れ、迎え入れる側が圧倒的に人手不足であると、前田様から伺いまして、自ら志願した次第です。やっぱり根っから、そういうのが好きなんですね。

会議が始まった時、私は台所におりました。会議が夜まで長引いて、いわゆる「飯押し」になった場合、つなぎで食べる、何か軽いスナック系のものがあった方がいいと思いまして、台所方に指示を出しに行ったのです。

その帰りのこと。控えの間に通じる通路を通っておりましたら、縁側に誰か横になっています。近寄ってみれば、秀吉様ではありませんか。

「何をされているのですか、こんなところで」

「おう、その声は、きゅーきゅー」

「会議は始まったのではないのですか」

「堅苦しい雰囲気は、どうも苦手でな。気分転換に外の空気を吸いに出たのだ」

実を言いますと、秀吉様とは不思議にご縁があります。そもそもお館様にお仕えすることになったのも、秀吉様のご推薦があったからですし、本能寺の変があった時も、私はお館様の命を受けて、中国の秀吉様のところへ向かうところでした。京へ戻られる途中の秀吉様と合流し、一緒に引き返して、明智軍と戦うことになったわけです。

「戻らなくて平気なのですか」

「なに、オレがいなくても丹羽様がうまく運んでくれる。オレが必要になったら、池田あたりが呼びに来るさ」

「新しい当主にはどちらがなるのでしょうか。信雄様か信孝様か」

「さあな」

秀吉様は、寝たままの姿勢でごろんと向きを変えると、私に顔を向けました。

「きゅーきゅー、ちょうどいいところに来てくれた。相談に乗って欲しいんだ」

「もちろんですとも。私に出来ることなら」

「何でもそつなくこなす名人久太郎は、泣いている赤ん坊のあやし方にも詳しいか」

「それは何歳児ですか」

「三歳」

「一番効果的なのは、やはり、お馬さんでしょう」

「お馬さんとは」

「背中に乗せて、這い回ってやるのです。私の甥《おい》たちは、だいたいそれで笑いますね」

「では、背中に乗らない場合はどうする。泣きじゃくって、手がつけられない時は」

「その時は、木偶《でく》を使います」

「木偶とは」

「木で作った人形です。手足が動くようになっており、それを糸で操るのです」

それを聞いて、秀吉様はむっくりと起き上がりました。

「その木偶、すぐに手に入れろ」

「家臣の中で子供がいる者を探せば、誰か一人は家に置いてあるでしょう。なければ、私が作って差し上げます。いつまでに必要ですか」

「本日の夕刻までに」

「なんとかいたしましょう」

するとと秀吉様は、顔をくしゃくしゃにして、にっこりとお笑いになりました。事が思い通りに運ぶ時に必ず見せる、あのお顔です。

「さすが、名人久太郎。頼りになる。事が成就した際は、褒美を取らそう」

「ありがたき幸せ」

ところが次の瞬間、秀吉様のお顔から笑顔が消えました。どうやら私の肩越しに何かを見つけたようです。やがて廊下の向こうからやって来られたのは、池田恒興様でした。

「羽柴殿、そこにおったか、探したぞ」

池田様が隣にどっかと腰を下ろすと、秀吉様はぷいと横を向いてしまわれました。

「腹の具合は治ったのか。厠へ行ったら、さぞすっきりしたんじゃねえのかい」

池田様はにやりと笑って、秀吉様の肩のあたりを、手にした扇子でつつかれました。しかし秀吉様は黙ったまま。どうやら、池田様の前ではあえて素っ気ない態度を取っているようでした。しかし池田様はそんなことにはまったく構う様子もなく、扇子を開くと自分に向けてパタパタと扇《あお》ぎ始めました。

「会議の方は順調に進んでるよ。権六の方は、五郎左が抑え込んでくれた。すべてあんたの思い通りだよ。跡継ぎは三法師様で決まりだ」

「今はどんな状況だ」

「小休憩に入った。これから遺領配分に移るところだ」

秀吉様はゆっくりと立ち上がりました。

でした。


「頼んだぞ。すべてはきゅーきゅー、お前に掛かっている」

「お任せ下さいませ」

こうして秀吉様は池田様と共に、会議が行なわれている評定部屋の方へ戻って行かれたのでした。


（以上が堀久太郎様の報告でございました。

それでは引き続き、私前田玄以が、会議の様子をお伝えいたします）

池田様が羽柴様を呼びに行かれている間、柴田様と丹羽様は一言も言葉を交わすことなく、じっと座ってらっしゃいました。盟友と言われたお二人でございましたが、どうやらその間には、深い溝が出来てしまわれたようです。

やがてその雰囲気を壊すように、羽柴様が明るい笑顔で戻って来られました。

「いやいやいや、失礼いたしました。ようやく腹の痛みも引きました」

何事もなかったかのように自分の席に着く羽柴様。後から池田様もお戻りになり、会議は再開されました。

「織田家の新当主は、三法師様と決まった。羽柴殿もご異存あるまいな」

議長の丹羽様の言葉に、羽柴様は深々と頭を下げられました。

「承知いたしました」

「これより後は、我ら宿老が力を合わせ、三法師様を守り立てていきましょう」

「織田家の発展のため、身命を賭して尽くす所存でございます」

「柴田殿もよろしいな」

だが、柴田様は返事をなさいません。もう丹羽様とは口をきかないとお決めになられたようです。困り果てた丹羽様は、私に目で合図をなさいました。一瞬でその意図を察した私は、丹羽様に成り代わって、柴田様にお聞きしました。

「それでよろしいですか、柴田様」

すると柴田様は、

「承知」

と一言だけおっしゃって、また黙ってしまわれました。嫌な空気だけが残りました。

次に丹羽様は、人々を見渡してこう言われました。

「とは言うものの、三法師様はあまりに幼い。成人されるまでの間、後見人を置きたいと考えるが、一同、いかがでござろう」

羽柴様が驚いた表情で丹羽様を見ます。

「後見人でございますか」

「そう、後見人である」

「例えばどなたに」

「私は、信孝様が適任と思うのだが。皆さんの意見は」

これに対し、池田様が真っ先に賛同されました。

「信孝様以外に、相応しい人はおられんな。後見人は信孝様で決まりだわ」

羽柴様がむっとされるのが分かりました。当然でしょう。信孝様が後見人になれば、それは当主になるのと、そう意味が変わらないからです。丹羽様は柴田様に顔を向けました。

「柴田殿はどう思われるか」

すると、今までうつむいていた柴田様が、ゆっくりと顔を上げます。

「そうしてもらえると、儂としては、嬉しい」

その時、丹羽長秀
権六、今の私に出来ることはこれくらいだ。信孝様が三法師様の後見になれば、少しでも筑前を抑え込むことが出来る。お前の立場も安泰だ。これが私のせめてもの償いだ。どうか勘弁してくれ。

その時、柴田勝家

五郎左、儂はお前を許さない。考えてみれば、お前の言う通り、織田家の正当な跡継ぎは三法師様以外にはいない。その理屈は分かった。だが儂は、その後ろに藤吉郎がいるのが気に入らないのだ。藤吉郎に加担したお前が許せないのだ。

信孝様が後見人。悪くない話だ。三法師様が成人されるまで、少なくとも十年以上は、信孝様が実質、織田家を引っ張っていかれることになる。儂も側にいて、そのお手伝いが出来る。

しかし、儂はお前を許さない。もう二度と共に酒を酌み交わすことはないだろう。

議事録より

丹羽様は、相変わらず不機嫌そうにされている羽柴様に声をかけました。

「いかがであろう、羽柴殿。我ら三人の意見は固まったが、羽柴殿も賛同してくれるな」

羽柴様はしばらく考えておられました。誰もが、羽柴様が怒り出すかと思いました。しかしそれに反して、羽柴様はにっこりと微笑まれ、

「むろん、異論はございません。後見はぜひ信孝様にお願いいたしましょう」

と、おっしゃいました。池田様が立ち上がり、ぱんと扇子を開いて一言。
「よし、これで八方丸く収まった。万々歳だ」

その時、羽柴秀吉
長秀め、余計なことを考えやがる。三法師の後見には三十郎様を考えていたが、まあ、仕方がない。ここで異議を唱えて、せっかく味方に付いた長秀が、親父殿の側に翻ってしまっては元も子もない。親父殿をこれ以上逆撫でしても、後々面倒くさくなるだけだ。ここは一歩退いて、信孝後見案を受け入れるのが一番だろう。三法師さえ跡継ぎにしておけば、後でどうにでもなる。

その時、池田恒興
俺の一言がまた歴史を動かした。丹羽様が信孝後見の話をした時、俺が真っ先に賛成したから、また流れが変わったんだ。これで親父殿にも貸しが出来た。この分でいくと、遺領配分でも、かなりいい線いくんじゃねえか。今日の俺は冴えまくっているぞ。

十五　同年同月同日　昼過ぎ

黒田官兵衛の報告（現代語訳）

殿が評定部屋で「戦って」いらっしゃった頃、私は城の表門に立っておりました。日も暮れかかった頃、道の向こうから、埃にまみれた一人の老将が、太い枯れ枝を杖代わりに、とぼとぼと歩いて来るではありませんか。かなり薄汚れておりましたが、それはかつての織田四天王の一人、滝川一益様に間違いありませんでした。

「滝川様、お待ちしておりました」

相当疲れておられたようで、滝川様はそのまま地べたに座り込み、気を失ってしまわれました。小田原から飲まず食わずで駆けて来られたわけですから、当然でございましょう。私は家来に命じて、ひとまず滝川様を部屋へ移すことにしました。

布団の上で目を覚まされた滝川様は、開口一番、「会議はどうなったか」と尋ねられました。よほど気になっておられたのでしょう。会議はまだ続いておりましたが、ここで滝川様

を行かせるわけにはいきません。命がけで戻って来られた滝川様には気の毒ではございましたが、

「会議は先ほど終了いたしました。織田家の跡継ぎは、三法師様と決まりました」

と、嘘の情報をお伝えいたしました。嘘と言っても、私はそうなると確信しておりましたので、心苦しさは微塵もありません。

滝川様はそのまま布団の上に倒れ、再び気を失ってしまわれました。

十六　前田玄以による本会議議事録二（現代語訳）

さて、次に遺領配分についての話し合いが行なわれました。

本能寺の変以降、領主がいなくなってしまった国を、新しく配分し直すのでございます。

ちなみに具体的には、信忠様が支配されていた尾張国と美濃国。明智光秀が支配していた丹波国、山城国、近江国の一部。そして信長公が直接治めておられた摂津の一部他の直轄領等等でございます。

その時、丹羽長秀
権六はまだ怒っているようだ。それもむべなるかな。せめて遺領配分で、少しでも権六の希望を叶えてやりたいところだが。

その時、羽柴秀吉
本当に大事なのはここからだ。話の持って行き方一つですべてが台無しになる。気をつけて掛からなければいかんぞ。

その時、柴田勝家
遺領配分か。藤吉郎め、今度こそ、煮え湯を飲ませてやる。なにしろ、こっちには寧殿から教えて貰った奇策があるのだ。今に見ていろ。

その時、池田恒興
だんだん腹が減ってきたな。晩飯前に終わるのかい。

議事録より

これまで同様、議長丹羽様の進行で、会議は進められました。

「まず美濃であるが、ここには、安土城なき今、これからの織田家の中心となる岐阜城がある。三法師様はここに入られる。後見の信孝様もしかり。よって美濃国は信孝様に支配して頂くということで、いかがか」

「異議なし」

柴田様、羽柴様、池田様が声を揃えます。

「次に尾張であるが、ここには織田家にとってご実家とも言える、この清須城がある。美濃に継ぐナンバー2の領地ゆえ、信雄様に治めて頂くのがベストかと思われるが、いかがか」

「異議なし」

いつの間にやら、信孝様と信雄様のお立場が逆転してしまいましたが、誰も異を唱える者はおりませんでした。

「さて、これ以降の話し合いには、二つの方法がある。まず領地を挙げて、それぞれの領主を決めていくか、もしくはここにいる者が、順番に欲しい領地を挙げていくか。どちらのパターンでいくか、まずそれから決めたい」

それにつきましては、誰がどこを治めるか、はっきり分かった方がいいということになり、後者のパターンが選ばれました。

「ではまず誰から参ろうか」
丹羽様が考えていると、池田様が横から口を挟みました。
「それは当然、羽柴殿からだろう。やはり今回の一番手柄は羽柴殿だ。羽柴殿を優先すべきだと俺は思うが、いかがかな」

その時、池田恒興

ここはやはり、秀吉を立てておくべきだろう。ちょっと露骨だったが、まあいい。

議事録より

丹羽様は、池田様のあからさまな態度に、さすがに辟易されたようですが、羽柴様が貢献されたのが間違いのないことは、丹羽様もよく分かっておられます。
「私も羽柴殿から始めるのがよろしいと思っていた。反対がなければ、羽柴殿に聞く。何か希望はありますか」

その時、羽柴秀吉

ここからが勝負だ。会議の流れをうまくリードしなくては。しかもあくまでも自然に。

議事録より
「そうですねえ」
羽柴様が考えていると、突然、柴田様が大声を張り上げました。
「藤吉郎、遠慮するな。お前は第一の功労者だ。好きなところを持って行け」
その時、柴田勝家
いよいよ作戦開始だ。見ていろよ、藤吉郎。
その時、羽柴秀吉
案の定、親父殿が乗っかってきた。いい流れだ。
議事録より
柴田様のやけにフレンドリーな言葉に、その場の誰もが驚いたようです。さっきまでの殺伐とした雰囲気はどこへ行ってしまったのでしょうか。
「そう言われましても、困りましたな」

羽柴様はまだ悩んでおられるようでした。

その時、池田恒興

秀吉もずいぶんベタな芝居をするじゃねえか。いつまで悩んだふりをしてるんだよ。さっさとどこでも貰っちまえよ。一つでも多く国が欲しいんだろ。

議事録より

なかなか返事をしない羽柴様に、業を煮やした柴田様が、こんな提案をされました。

「例えば、山城はどうだ。あそこは良いところだぞ。城を築けば、京にも近いし、なにかと便利。押さえておいて損はない」

その時、柴田勝家

今のは我ながらいい芝居だった。とにかく、まずは藤吉郎が山城国を貰ってくれなければ、話が進まんからな。

その時、丹羽長秀

どういうことだ。なぜ、権六が筑前に山城を勧める。魂胆はなんだ。

議事録より

それに対して羽柴様は、「なるほど」と頷かれました。

「確かに柴田殿のおっしゃる通りです。ではお言葉に甘えて、山城を頂くことにしましょう。それで十分です」

すると、丹羽様が畳み掛けるように尋ねました。

「それだけでいいのか、羽柴殿。他にも欲しい国があったら、遠慮なく言って欲しい」

「山崎の合戦で明智を討ったのは、私だけではございません。私は山城一国で十分でございます」

その時、池田恒興

面倒臭《くせ》えなあ。いちいち辞退するんじゃねえよ。本音でいこうじゃねえか。丹波でもなんでも持って行けよ。

議事録より

どこまでも控えめな羽柴様に、丹羽様もいささかお困りのようでございます。

「羽柴殿にそのように遠慮されては、他の者が貰いにくくなる。ではこういうのはどうだろう。そなたのお子秀勝殿は、信長様の四男。その秀勝殿の領地という形で、丹波を貰って頂くというのは」

「そういうことでしたら、謹んでお受けいたします」

こうしてまずは羽柴様の領地が決定いたしました。

その時、丹羽長秀

これでようやく一人決まった。いい調子だ。権六がやけに筑前の肩を持つのが、いささか不安だが。まあいい、先に進もう。

議事録より

さらに丹羽様は続けました。

「次は柴田殿」

名前を呼ばれた柴田様は、一切丹羽様の方を見ずに、こうおっしゃいました。

「儂は辞退する。山崎の合戦には間に合っておらんからだ。領地を頂く立場ではない」

なんだ、これは。遠慮合戦か。

その時、池田恒興

議事録より

「まあ、そう言わずに、柴田殿。希望を聞かせてくれ」

丹羽様の言葉に、柴田様は耳を貸そうとしません。

「儂は領地はいらん」

正面を向いて目を閉じたお姿には、固い決意が感じられます。丹羽様はさらに食い下がります。

「どうか頼む、柴田殿」

「いらんと言ったらいらん」

まるで駄々っ子のように首を横に振る柴田様。丹羽様は困り果ててしまわれたご様子。すると柴田様が突然、目を見開きました。

「しかし、そこまで言うのなら」

そして身を乗り出した柴田様は、凄みの利いた声で、こうおっしゃったのです。

「近江長浜を頂きたい」

その時、池田恒興

なに、近江長浜？

その時、丹羽長秀

近江長浜？　一体何を言い出すのだ、権六は。

議事録より

柴田様のお言葉には、誰もが驚かされたようでした。

「しかし、長浜は羽柴筑前の領地である」

「むろん承知の上である。藤吉郎は山城と丹波を手に入れた。長浜とは琵琶湖を挟んで反対側である。これでは何かと都合が悪かろう。そう思って、あえて長浜を頂こうと申しておるのだ」

その時、丹羽長秀

ようやく権六の腹の内が見えてきた。それで筑前に山城を勧めたのか。なかなかやるではないか。しかしこれは権六のアイデアではないな。誰かの入れ知恵か。

その時、池田恒興

なるほど。考えたもんだな。柴田殿は越前の領主だ。さらに長浜を手に入れれば、北陸全般が柴田殿のものになる。まさに大大名だ。奴の狙いは最初からそれだったのだ。さあ、どう出る、秀吉。

議事録より

丹羽様は、困惑したような表情で柴田様を見つめておられました。それに対し、柴田様はまったくの涼しげな顔。ご自分の発言の波紋を、まるで気にしていない様子でございます。

丹羽様は、羽柴様に向かって、

「羽柴殿、柴田殿はそう申しておるが、そなたの意見を聞こう」

と、おっしゃいました。人々の目が、羽柴様に注がれます。

「さようでございますね。長浜は住み慣れた場所ではございますが、柴田殿に貰って頂けるのならば、これほど嬉しいことはありません」
案外、簡単に羽柴様が折れたので、丹羽様もほっとされたようでした。

その時、柴田勝家

大成功。藤吉郎は完全に儂の罠《わな》にはまった。これで儂は北陸のすべてを手に入れ、藤吉郎を琵琶湖の向こうに締め出してやった。後継者選びでは悔しい思いをしたが、遺領配分で取り返してやったわい。

その時、羽柴秀吉

これで一丁上がりである。すべてオレの筋書き通りだ。

議事録より

こうして、柴田勝家様は、現在の領地越前に加え、これよりは近江長浜を治めることに決まりました。
「さて次は、池田殿に伺いたいが」
丹羽様の問いに、池田様は扇子を扇ぎながら答えました。

「私の場合は、山崎の合戦には出ているが、亡き信長公の乳兄弟として、はたまた義兄弟として、兄の仇を討つのは当たり前のこと。恩賞を貰う立場ではない」

その時、池田恒興

一応、流れに沿って、俺も最初は遠慮してみた。

議事録より

池田様の心にもない発言に、さすがの丹羽様もイラッときたようです。

「そうですか。では次に移ります」

池田様が慌てたのは言うまでもありません。

「いや、待ってくれ」

その時、池田恒興

馬鹿野郎、なんで俺だけこうなるんだよ。

議事録より

池田様は続けます。

「とは言うものの、私は、明智討伐では四千の兵を率いて先鋒《せんぽう》を務め、かなりの働きをしたと自負しておる。別に褒美は欲しくないが、一方で、戦場で手柄を立てれば、必ず報われるということを、若い世代に伝えたい。彼らに夢と希望を与えてやりたい。それがひいては織田家の繁栄に繋がると思う。そういう意味では、何か頂いてもいいような気がする」

「では、摂津の直轄領はいかがか」

「頂きましょう」

池田様は額の汗をぬぐいました。

その時、池田恒興

危ねえ危ねえ。摂津か。まあ、悪くはない。

議事録より

最後は丹羽様ご本人の番でございます。

「さて私自身であるが、本能寺の変より失態続きで、まったく良いところがない。とても遺領を頂く気持ちにはなれないので、今回はご辞退申し上げたい」

　これに、羽柴様がすかさず異議を唱えました。

「何を申しますか。丹羽様の存在は、今の織田家にはなくてはならぬものです。丹羽様がいたからこそ、山崎の合戦は、あんなに短時間で決着がついたのです」

「羽柴殿、気持ちは嬉しいが」

「明智と通じていた津田信澄《のぶすみ》の領地である近江高島が宙に浮いています。せめて、あそこを貰って頂けませんか」

その時、丹羽長秀

　予定通りの流れである。領地としては決して広くはないが、それでも良しとしなければなるまい。今の立場では、それでも十分過ぎるくらいである。

議事録より

　羽柴様は人々を見渡し、「皆さんもそれでよろしいな」とおっしゃいました。

　柴田様も池田様も「異議なし」とお答えになりました。丹羽様はそれでも悩んでいるご様子でしたが、やがて「どうしてもと言うのなら」と、しぶしぶ承諾されました。

するとと羽柴様がおっしゃいました。

「その代わりと言ってはなんですが、丹羽様。佐和山の城を返上しては頂けませんか」

丹羽様は凍り付いたような表情で、羽柴様をご覧になりました。

その時、丹羽長秀

筑前、どういうことだ。昨夜はそんな話は出なかったはず。私はそんな約束はしなかったぞ。

議事録より

羽柴様は続けます。

「あの城には、丹羽様にとって苦い思い出が残っておられるはず。この機に、人にお譲りになられてはいかがですか」

羽柴様のいきなりの提案に、丹羽様は驚かれたようでした。

「しかも佐和山城は、本能寺の変の後、一度明智に奪われております。この際、思い切って手放してしまうのも悪くないのでは」

丹羽様はお答えになりません。どうやら佐和山城を人に渡したくはないご様子です。

その時、丹羽長秀

なぜ私が佐和山を離れなければならないのだ。しかも筑前に言われて。

だが、よく考えてみろ、五郎左。お前は権六を捨て、筑前にすべてを預けると決めたのではなかったか。あの男に、絶対的な服従を誓い、その代わりに織田家と丹羽家の安泰を手に入れたのではなかったか。

筑前は私を試しているのだろう。ならば私はそれに従うしかない。これは始まりなのだ。筑前と私の新しい関係の。

議事録より

「佐和山を手放す、か」

羽柴様にそう言われては、今の丹羽様は従うより他はなかったのでしょう。丹羽様はご自分の立場の弱さをつくづく感じていらっしゃるようでした。

「ではその佐和山城、私が頂こうかな」

池田様がぽつりとつぶやきましたが、応える者が誰もいなかったので、この発言はなかったことになりました。改めて羽柴様が丹羽様に尋ねました。

「その佐和山を、堀秀政にやっても宜しいですか」

「堀久太郎に？」

「久太郎は、山崎の合戦でも、十分な働きをしております。明智秀満《ひでみつ》を破り、安土城を奪回したのも久太郎です」

「なるほど。名人久太郎なら、佐和山を名城に作り替えてくれるだろう。安心して任せられる」

「では、佐和山は堀秀政ということで」


それから、伊勢国の領主に織田三十郎信包様が決まり、その他、山崎の合戦で功績のあった筒井順慶ら諸将にも褒美の領地が分け与えられました。こうして、遺領配分は滞りなく終了いたしました。

家臣団を集めての三法師様のお披露目は、明日行なうことになり、これをもって、清須会議は無事、幕を閉じたのでございます。

十七　同年同月同日　その直後

清須城、居室に戻った柴田勝家の一人反省会（現代語訳）

結果的には、かなりいい線行ったのではないかな。自分的には八十点。甘過ぎることはないと思う。信孝様は三法師様の後見となり、儂は藤吉郎から近江長浜を奪った。寧殿の入れ知恵が功を奏し、藤吉郎は領地を琵琶湖の反対側に移され、織田家から隔離。そして儂は北陸を制覇することが出来た。十分だろう。五郎左の離反は辛かったが、いいこともある。儂は五郎左なしでも十分やっていけることが分かったんだから。そして藤吉郎に付いた五郎左は、結局、佐和山城を手放すことになってしまった。哀れ五郎左。既に藤吉郎の言いなりだ。今頃、儂を裏切ったことを後悔しているだろう。愚かな奴だ。だが儂は決して五郎左を許しはしない。今後、奴と組むこともないだろう。裏切りは絶対いけないことなのだ。もちろん向こうから謝ってくれれば、考えないこともないが。

会議が終わったら、真っ先に池田勝三郎が近寄って来た。まったくもって食えない男だ。「さすがですな、柴田様」ときたもんだ。よく言うわ。藤吉郎に付いたかと思えば、今度はこっち。小賢しい男であるが、ま、可愛いところもないことはない。さんざん、儂を持ち上げて去って行った。しょうがない、今後も目をかけてやることにしよう。

左近がようやく到着したという報せが入った。城に入ったなら、すぐに会議に出て欲しかったが、どうやら部屋で寝込んでいるらしい。よほど疲れたのだろう。しかしこれでは、何のために駆けつけたのか、まったく分からないではないか。まずは奴を叩き起こして、会議の結果を伝え、思いっきり自慢してやろう。儂一人でここまでやれたってことを教えてやらなければ。あいつは昔から儂のことを、馬鹿にしていたからな。脇に五郎左がいなければ何も出来ないと。きっと驚くぞ。

そしてお市様だ。お市様お市様お市様。早くご報告に上がりたい。きっと会議の結果はお耳に入っていると思うが、儂は自分の口で伝えたいし、お市様も儂の口から伝えてもらいたいはず。今回の結果は、きっとお市様も満足して下さるに違いない。ああ、早く会いたい。会いたい。会いたい。お喜びになる顔が見たいなあ。

十八　同年同月同日　その数分後

清須城、居室にて。

お市の方、勝家を前に怒りの鉄拳（現代語訳）

馬鹿じゃないの、権六。完全に秀吉にしてやられてるじゃない。なんで三法師なのよ。頭に来る。そんな馬鹿な話、聞いたことないわ。あなた、北陸を制覇したって喜んでる場合じゃないでしょ。あなたはね、権六、完全にあいつに踊らされたのよ。筑前守秀吉に。あの男は、近江長浜を捨て、山城を手に入れた。それがどういうことか、よく考えてみなさい。あの男はね、これからの世は、京を中心に動くと踏んでるのよ。だから、自分にとって必要のない長浜をあなたにやって、一番欲しかった山城を手に入れたんじゃない。「あっ」じゃないわよ。今頃気づいても遅いわ。すべてはあの男の作戦だったのよ。決まってるでしょう。そうよ、自分のかみさんを使ってあなたをたぶらかしたのよ。あの女もグルよ。

そんなことも分からずに、よくもまあ、のこのこと私の前に顔を出したわね。

あなたには愛想が尽きました。顔も見たくないわ。もう下がりなさい。あっち行け！

十九　同年同月同日　その直後

清須城、居室にて。

滝川一益、勝家を前に怒りの鉄拳（現代語訳）

馬鹿じゃないか、権六。何がいい線だ。完全に藤吉郎にしてやられているではないか。ああ、情けない。俺がその場にいれば、こんなことには。

なぜもっと信孝を推さなかったのだ。三法師様は、三歳の幼子ではないか。藤吉郎は三法師様を利用して、裏で好き勝手しようと企んでおるのだ。なぜ阻止出来なかったのだ。丹羽五郎左の機転で、なんとか信孝様が後見になったのが、せめてもの救いだ。さすがは五郎左。それが藤吉郎の歯止めになってくれればいいのだが。お前はすぐに五郎左に謝ってこい。あいつを手放したのは一生の不覚だぞ。あいつなしでお前が、藤吉郎と渡り合っていけると思っているのか。この大馬鹿野郎。

藤吉郎は完全に三法師様を押さえ込んでいる。奴のことだ、恐らく松姫様とも通じておるのだろう。これでますます奴は調子に乗るだろう。すべてお前のせいだ、権六。

返す返すも残念でならん。この俺が会議に間に合っていれば、こんなことにはならなかったのに。

二十　同年同月同日　その直後

清須城、居室にて。柴田勝家の慟哭（現代語訳）

悔やんでも悔やみきれん。

二十一　同年同月同日　その夜

清須城、居室にて。丹羽長秀の回想（現代語訳）

会議終了後、私は議長の務めとして、信雄様と信孝様を呼んで、後継者に三法師様が決まったことをお伝えした。

辛い役目であった。当然のことながら信雄様は激怒なされ、我ら宿老を罵倒《ばとう》された。信孝様は終始冷静に受け止めていらっしゃったように見えたが、額に浮かんだ青筋は、今にも破裂しそうであった。お二人は、当然のごとく会議のやり直しを要求された。これまで事ある毎に対立されていたご兄弟であったが、皮肉にも初めて意見が揃ったわけである。

「それは無理でございます」

私はお二人に告げた。

「信雄様も信孝様も、我ら宿老に一任された以上、会議で決まったことは絶対です。それを覆すのは、織田家のあり方そのものを崩すことになります。しかも、情報が表に漏れる前ならまだしも、既に城内には三法師様決定を伝える立て札まで出ています。どうやら、筑前の腹心黒田官兵衛が、先手を打って立てたという噂。となれば、もはやお二人には従って頂くしかありません」

私が状況を説明すると、信雄様は立ち上がり、障子の前に立つと、狂ったように手でぷすぷすと穴を開け始めた。完全におかしくなっている。信孝様はその横で身動き一つせずに、ただ一点を見つめている。

「権六に裏切られた」

「信孝様、それは違います。権六は最後まであなた様を推していました」

それを聞いて、障子に穴を開けていた信雄様が振り返った。

「秀吉は」

「信雄様には残念な話ですが、三法師様を推されたのは、その筑前です」

衝撃を受けた信雄様は、くるっと私たちに背を向けると、再び障子に手を突っ込み始めた。

私は信孝様に近寄り、耳元で囁いた。

「信孝様には、三法師様の後見になって頂きたいのですが」

信孝様は黙ったまま答えようとはしない。

「後見になるということは実質、織田家の棟梁ということです。いかがでございましょう」

「後見は後見だ」

「ですが、采配を振るのは信孝様でございます」

「後見は後見だ」

「ですが、諸国の大名たちは、織田信長公の跡を継いだのは、信孝様だと受け止めます」

「後見は後見だ」

「信孝様がご辞退されると、信雄様にやって頂くことになりますが」

信孝様が信雄様に目をやった。信雄様は、部屋の障子を破り終え、隣の部屋の障子に取りかかったところだった。

「よくお考え下さい。それで得をする者がおりますか」

信孝様はゆっくりと頷いた。

「後見、引き受けさせて頂く」


夕刻、大広間において、新しい当主のお披露目の儀が行なわれることになった。家臣が全員揃って、三法師様をお迎えするのである。

控えの間では、三法師様が松姫様の腕の中でぐずつかれていた。周囲の重々しい雰囲気に当てられてしまったのか、それとも慣れない羽織がいけなかったのか、どうにも泣きやまない。後見役の信孝様が手を引いて家臣の前に登場することになったのだが、抱き上げようとすると、三法師様は引きつけを起こしたように、さらに泣き叫ばれる。とても人前に出せる状態ではなく、一同途方にくれていると、そこへ現れたのが筑前だった。

筑前は、どこで手に入れたのか、手に三十・三センチほどの操り人形を持っていた。童《わらわ》の格好をしており、顔は下膨れ、眉毛が下がってやけにおどけた表情をしていた。

「失礼いたします」

と進み出ると、筑前は三法師様の前でその人形を操ってみせた。手足に紐がついており、筑前がそれを引っ張ると人形は珍妙な動きをした。するとどうだろう。今まで泣いていた三法師様が突然笑い出されたのだ。それもケラケラと声を上げて。今の今まで泣いていたのが嘘のようだ。たいして精巧な造りではなく、その人形の動きにはほとんどバリエーションというものがなかった。筑前が同じ動きを繰り返すと、人形もまた同じ動きをし、しかしそれがまた三法師様の壺にはまったようで、若き当主は、身をくねらせてお笑いになった。唖然とする我らの前で、筑前は突然、四つん這いになった。

「さあ、お乗り下さい。藤吉郎は馬でございます」

すかさず松姫が、三法師様を筑前の上に乗せた。

「若様、しっかりと摑まっていて下され」

三法師様が、筑前の襟元を手綱代わりに握り締めると、筑前は移動を開始した。きゃっきゃっと奇声をお上げになる三法師様を背に、筑前はそのままの体勢でぐるっと部屋を一周し、そして廊下へ出て行ってしまった。

呆気にとられていた我らが後を追おうとすると、筑前が襖《ふすま》の向こうから姿を現した。すっくと立ち、腕には三法師様を抱えて。

「ご安心下さい。三法師様はすっかりご機嫌のようです。それでは信孝様、後はよろしくお願いいたします」

筑前は信孝様に三法師様を渡された。だがその瞬間、再び三法師様は泣き出されてしまった。信孝様が困り果てておられると、筑前が、

「しょうがありませんなあ」

と手を差し出す。すると三法師様は自ら筑前の腕の中に飛び込まれた。不思議なことに、筑前に抱かれると、三法師様は瞬時におとなしくなられる。じっと見ておられた松姫様が、そっとつぶやかれた。

「三法師は、あなたが気にいったみたいですね、筑前」

「弱りましたな。大広間では皆、待ちわびています。急がなければ。では、こうしましょう。お披露目の場には、この筑前が三法師様をお連れいたします。信孝様、いかがでしょう」

「確かに、それしかなさそうだな」

「丹羽様もよろしいですね。とにかく新しい当主が家来の前で泣いていては示しがつかない。非常事態ということで、ここは一つ」

筑前の案に、反対する者はいなかった。


大広間には、多くの家臣たち、そしてお市様に三十郎様といった織田家の人々がずらりと勢揃いしていた。私や信孝様が先に席に着き、三法師様を迎え入れる形となった。やがて筑

前が三法師様を連れて正面に現れた。誰もが息を呑んだ。筑前は、そのまま上座に進むと、かつてお館様が座っておられた場所に、堂々と腰を下ろし、三法師様を膝に乗せたのだ。

「織田家当主、織田三法師様であられるぞ。頭《ず》が高い」

筑前の甲高い声が響いた。その場にいた者たちは、この幼い棟梁に対し、深々と頭を下げた。しかしそれは同時に、羽柴筑前守秀吉に向かって頭を下げることでもあった。その時になって、私にはようやくこの男の魂胆が分かった。筑前はこの瞬間を待っていたのである。

これからは、この男の時代が来る。その場にいた誰もがそう思ったはずだ。私の隣で、権六が悔しさに震えていた。どこかで、女性の深く、そして重いため息が聞こえた。あれはお市様だ。

二十二　羽柴筑前守秀吉勝利宣言（現代語訳）

これで、勝った。

二十三　織田信孝敗北宣言（現代語訳）

非常に残念ではありますが、私の力が及ばず、今回はこういう結果になってしまいました。支持して下さった皆さんに深く感謝いたします。今後は、新しい当主を後見という形で支え、織田家の繁栄のために全力を尽くしていくつもりです。これからも三七信孝をよろしくご支援お願いいいたします。

二十四　織田信雄敗北宣言（現代語訳）

納得いかないんだよなあ。どう考えたっておれだろう。織田信長の次男だよ。長男死んでんだよ。馬鹿とかそういうのは置いといてさ、筋目で言ったら、おれだろうが。なんでこうなるのかなあ。イノシシ狩りがいけなかったのかなあ。だったら、もう一回やらせてよ。今度はうまくやるからさ。

二十五　同年同月同日　深夜

清須城、居室にて。策を練るお市の方（現代語訳）

「秀吉を殺して」

私がそう言ったら、さすがに権六は驚いたようだった。だって、しょうがないでしょう。それ以外にどんな方法があるっていうの。あの男を潰すには、もうそれしか道はないの。このままじゃ、織田家は秀吉に乗っ取られる。言っておきますけどね、それもこれも権六が不甲斐ないからよ。

権六は、すっかりしょげ返って、さらに十歳は老け込んだように見えた。鬼の権六は今いずこって感じ。さすがにちょっと可哀想になってきた。考えてみれば、頼りない爺さんだけど、今の私にはこの人しかいないの。仕方ないから、後ろから抱きしめてやった。飴《あめ》と鞭というやつよ。

「お願い。秀吉をこの世から葬るの。他に手はないわ」

「しかし」

「権六、私の頼みを聞いてくれないの」

私は権六に顔を近づけ、その大きな耳たぶに、そっと唇で触れてやった。爺さんは目を瞑って、必死に自分の中の何かと格闘していた。もう一押し。私は膝の上にするりと移動した。

「もし二人の間に子が出来たらね、権六。いずれはその子を織田家の当主にするの。どう、このアイデア」

「二人の間というのは」

「もちろん権六と私よ。そうすれば織田家は私とあなたのもの」

「了解いたしました。やるからには仕損じるわけにはいきません。滝川左近に頼んで今夜のうちに片をつけます。あの者は忍び出身。必ずや藤吉郎を仕留めてくれるはず。私にお任せ下さい」

二十六　同年同月同日　深夜

清須城、居室にて。前田利家の述懐（現代語訳）

親父殿が滝川一益様を自室に招いて密談を交わしている時、私は部屋の隅に控えていた。それは藤吉郎暗殺の謀議であった。私は口を挟める立場ではないので、ただ黙って聞いているだけであった。滝川様は忍者のご出身なので、そういった裏の仕事は心得たもの。配下の数人と共に、今夜中に藤吉郎を襲撃することになった。

滝川様が手はずを整えるために出て行ってから、私も自室へ戻った。夜は更けていたが、とても眠る気にはなれなかった。言うまでもないが、私は藤吉郎の暗殺には反対である。確かに三法師様が当主になられた陰には、藤吉郎がいる。これから織田家中において、藤吉郎の発言力は高まり、親父殿には逆風となるだろう。しかしだからと言って、藤吉郎を殺すというのは、いかがなものか。こうなってしまった以上、親父殿は、お辛いかもしれないが、藤吉郎のもとで織田家を守り立てていくしかないと思う。暗殺は、恥ずべきことである。武士のやることではない。

だが、親父殿は私の上司、意見することなど出来ない。とは言うものの、藤吉郎とは古い付き合いだ。友の命が危険にさらされているのである。力になってやるのが、友情というものではないか。それは同時に、親父殿を裏切ることにもなる。どうすればいい。しばらく悩んだ末に、私はこう結論を出した。暗殺者から藤吉郎を守ることは、親父殿の部下として出来ない。しかし、藤吉郎の友人として、危険が迫っていることだけは伝えよう。

そして、藤吉郎のもとへ急いだ。

藤吉郎が宿としている西覚寺の本堂では、夜も更けたというのに、大宴会が繰り広げられていた。上座には丹羽長秀様と池田恒興様が座り、豪華な料理と酒でもてなされている。本堂は藤吉郎の家来たちで溢れ、その中を藤吉郎と寧殿がお銚子を両手に持って飛び回っていた。客の中には、前田玄以ら城勤めの者たちの姿も見えた。会議が藤吉郎の思惑通り進んだので、接待されたのであろう。

まさに勝者の宴であった。敗者となった親父殿は、滝川様に叱られ、お市様に怒鳴られ、今頃は部屋で一人、藤吉郎暗殺の報を待っている。なんという違いだ。

「おう、犬千代ではないか、こっちへ来い」

私を見つけて池田様が呼んだ。私は遠慮したが、周囲の者に押され、気がつけば、主賓二人の間に座らされていた。「まあ一盃」と池田様に酒を注がれる。池田様は既にかなり出来上がっておられた。それに対して、丹羽様は表情が暗い。酒にも手をつけられていないご様子だ。藤吉郎が推す三法師様が当主になられたのは、会議におけるお二人の力が大きいと聞いているが、不思議な気がした。やはり丹羽様は、親父殿を裏切ったことが尾を引いているのだろうか。

「これからは藤吉郎の時代だ。とことん、奴にしがみついていこうな、犬千代」

そう言いながら、池田様は私の肩に手を回した。

「それが、俺たちみてえな、一流になりきれない男の生きる道なんだ。天は、俺たちに天下を治める力を与えてはくれなかったが、天下人を見抜く目だけは下さった。お互い、しぶとく生きていこうぜ」

一緒にしないで欲しいと思ったが、もちろん口にはしなかった。池田様はかなり酒が回ったようで、喋っていたかと思うと、いきなりその場で眠ってしまった。それを待っていたかのように、丹羽様が私の耳元で囁いた。

「権六はどうしている」

「今夜は部屋で休んでおられます」

さすがに藤吉郎暗殺計画の話は出来ない。

「さぞ気落ちしていることだろうな」

「気持ちの切り替えの早いお方ですから、ご心配には及びません」

やはり丹羽様は、親父殿のことが気がかりなようだ。離合集散は戦国の常とは言え、盟友との決別は、やはり丹羽様にとって苦渋の選択だったのであろう。

奥の席で、前田玄以に酌をしていた藤吉郎が、私を見つけた。藤吉郎は、幾多の膳を飛び越えて、私の目の前にやって来た。未だかつて、こんなに嬉しそうな彼を見たことがなかった。

「来てくれて嬉しいぞ、犬千代」

「まるで天下を取ったような喜びようだな」

「今日くらいは良いではないか。まあ飲んでくれ」

藤吉郎は酌をしようとしたが、私はそれを断って立ち上がった。

「藤吉郎、話がある」

境内に藤吉郎を連れ出すと、周囲に誰もいないことを確かめ、私は告げた。

「今夜はここから出るな。そして一日も早く清須を離れろ」

勘のいい藤吉郎は、それだけで私の言いたいことを察したようである。

「親父殿がオレを狙っているのか」

「お前は、いささか出しゃばり過ぎた。親父殿も信雄様も信孝様も、敵に回した。あのお披露目の儀は何だ。あんなやり方では、敵を増やすだけではないか。三法師様が跡を継ぐことに、私も異論はないが、もっとうまい方法があったのではないか」

「ない」と藤吉郎はきっぱりと答えた。

「あれくらいしなければ、あいつらには分からない。これからはオレの時代だと教えてやったのだ」

「私は、お前のためを思って言っている。親父殿の背後にはお市様がいる。このままでは済まないぞ」

「親父殿とは、いずれ決着をつける時が来るだろう」

「そんなことになれば、織田家が二分されてしまう」

「それも仕方がない。親父殿に任せていては織田家は滅びる。それはお前が一番分かっているはずだ」

そして藤吉郎は、私を見据えて言った。

「いずれオレは親父殿を倒す。すべては織田家のためだ」

私は藤吉郎の言葉に固い決意を感じた。

「藤吉郎、これだけは聞かせてくれ。お前は、本当に織田家のためを思って言っているのか。それとも、自分が天下を取ろうとしているのか」

藤吉郎はしばらく考えてから答えた。

「犬千代、オレは、お館様に代わって、天下人になる」

「それが本心なら、俺がお前を斬る」

私は剣を抜くと、切っ先を藤吉郎の胸元に突きつけた。しかし藤吉郎は微動だにしない。

「犬千代、よく考えてみろ。お館様亡き後、誰に天下を治めることが出来る。オレ以外に誰がいるというのだ」

「身の程をわきまえよ、藤吉郎」

「斬りたければ斬るがいい。しかし、もしオレを斬れば、戦国の世はあと百年続くぞ。考えてみよ。信雄も信孝も天下を治める器ではない。親父殿に至っては戦場でしか活躍出来ない男だ。親父殿には可哀想だが、ああいった連中の時代はもう終わったのだ。これから新しい時代が始まるのだ。新しい世の中をオレが作るのだ」

　私はじっと藤吉郎を見つめた。家臣の誰もが、織田家の将来しか考えていない時、この男だけはその先を見ていたのか。

「犬千代、もっとも大事なことは、一日も早く戦乱の世を終わらせることではないのか。親父殿にはそれは無理だ。だが、オレには出来る」

　藤吉郎の言う通りだった。親父殿の側にいるからこそ、私には、痛いほど藤吉郎の言葉が突き刺さった。親父殿に織田家は守れない。親父殿に任せていれば、恐らく、数年で織田家の勢いは確実に弱まるだろう。天下統一どころか、周囲の大名たちに食い物にされ、領地を奪われ、尾張一国を守ることすら危うくなるだろう。そしてその後は再び戦乱の日々がやってくるのだ。

「それでもオレを斬るというなら、斬れ」

私は黙って刀を鞘《さや》に納めた。藤吉郎の顔に、あの人なつこい笑顔が戻った。

「それでこそ、我が友」

もうここには用はない。私は歩き出した。背後で藤吉郎が叫んだ。

「犬千代、オレに力を貸してくれないか」

「無理を言うな。私は親父殿に仕える身だ」

「あの男に付いていても、先はないぞ」

それは分かっている。しかし私は柴田勝家の与力であり、織田家の家臣なのだ。織田家に代わって天下を治めようという男の、片棒を担ぐわけにはいかない。

「それも宿命だ」

私は背中で答えた。そのまま進むと、背後でまた藤吉郎の声がした。

「オレは待ってるぞ」

私は立ち止まり、振り返った。藤吉郎は手を振っていた。まるで友達との別れを惜しむ子供のように。

「藤吉郎、悪いことは言わん。早くここを出ろ」

そう言い残し、私は境内を後にした。

二十七　同年同月同日　さらに夜遅く

西覚寺、本堂にて。黒田官兵衛の提言（現代語訳）

今、表の様子を調べて参りました。確かに怪しい人影がちらほらございました。滝川様が放った忍びの者でございましょう。私の姿を見たら、一斉に物陰に隠れました。一人、明らかに動きの鈍い者がおりましたので、あれは滝川様ご本人かと思われます。

あの様子では、酒宴が終わり、客が帰ったのを見計らって、ここを襲撃するおつもりなのでしょう。まったくもって姑息な奴ら。我が手勢をもって追い払うことも出来ますが、いかがいたしましょう。私としては、事を荒立てるのは、あまり得策ではないように思います。これは明らかに内紛。情報が外に漏れれば、「織田家が割れた」と、諸国の大名たちを喜ばすだけでございます。売られた喧嘩は買わずに逃げるという、大人の対応が一番かと。本堂にはまだ何人か客が残っております。彼らに混じって、ここを抜け出すというのはいかがでございましょう。

しかしながら、逃げたら逃げたで、また問題がございます。脱出してどこへ身を隠すか。そのまま近江長浜に戻ってしまうという手もありますが、逃げ帰るというのは、あまり印象がよくございません。殿は清須会議の勝者です。城に帰る時は、堂々と表門から出て行きたいところ。

となれば、今夜、誰に匿《かくま》ってもらうか。まず思い浮かぶのは丹羽様ですが、あのお方は、柴田様を見限ったことを未だに後悔されている様子。一度裏切った人間は、もう一度裏切る可能性も大きい。かなり危険かと思われます。かと言って、池田様はもっと危ない。匿ってくれるとは思いますが、柴田様に脅されれば、簡単に引き渡してしまうお人です。

そうなりますと、思い浮かぶ場所と言えば、はい、あそこしかないでしょう。殿が今、考えていらっしゃるところでございます。あそこならば、殿を追っ手に引き渡すことも、まずないでしょう。とは言うものの、やはり相手が相手だけに、それなりの危険は伴います。それゆえ私も、手離しでお勧めは出来ぬゆえ、こうして言葉を濁している次第で。これはかなりの賭けではありますな。しかし殿は今、波に乗っておられる。恐らく、この賽《さい》の目、吉と出ると、官兵衛は踏んでおります。後は殿のお気持ち一つ。

二十八　同年同月同日　さらにさらにその夜遅く

清須城、居室にて。
今夜のことを思い出す柴田勝家（現代語訳）

儂のところに藤吉郎が「匿って欲しい」と訪ねて来た時には、正直言って、腰を抜かすほどに驚いた。儂に助けを求めて来るとはな。藤吉郎は「何者かに命を狙われている」と言ったが、それが儂の命《めい》であることぐらい、奴だって分かっているはず。なにしろ、儂以外に、お前の命を狙う人間が、どこにいるというのだ。それを分かった上で、奴は、のこのこやって来たのだ、しかもたった一人で。なんという面の皮の厚さよ。

だが、考えてみれば、藤吉郎の選択は正しかったと言えるだろう。この清須で、今夜、ここほど安全な場所はない。確かに、奴を殺せと命じたのはこの儂だ。だが、この状況で、あえて儂の懐に飛び込んで来た藤吉郎を、儂が殺せるだろうか。そんなことをしてしまっては、柴田勝家の男がすたる。藤吉郎は、そこまで見越して「勝負」に出たのだ。並の男に出来る芸当ではない。そう言えば、あいつは昔からそういうところがあった。奴の知恵と度胸は、何度も周囲の者を驚かせた。だからこそお館様は、あの男を愛したのだ。

いいだろう。この「勝負」、お館様に免じて、勝たせてやる。

藤吉郎が儂のもとへ転がり込んだのを嗅ぎ付け、左近と忍びの者たちがやって来た。「申し訳ないが」と、儂は事情を説明し、奴らを解散させた。納得行かないのは左近であったが、「藤吉郎は、儂がこの手で始末する」と嘘をついて、なだめるしかなかった。

既に深夜を過ぎていた。儂は藤吉郎と向かい合い、二人きりで酒を飲んだ。

「会議、疲れただろう。まあ一杯やってくれ」

儂が酒を注いでやると、藤吉郎は恐縮する様子もなく、一気に飲み干した。

「三法師様のこと、よろしく頼む」

「さすがにずっと私が側にいるわけにもいかないので、守役に堀秀政を付けようと思っております。名人久太郎は、子供の扱いにも長けておりますので」

「それがいいかもしれないな」

儂は、手にした盃を置いた。

「本音でいこう、藤吉郎。もしお前が本気で三法師様を守り立て、織田家のために尽くす気でいるなら、儂は何も言わん。お前の下で、お前の手足となって働こうじゃないか。だが、お市様は、お前の本心はそこにはないと、おっしゃる。藤吉郎はあわよくば、織田家を乗っ取り、自らが天下に号令を掛けるつもりだと」

藤吉郎は何も答えずに手酌で盃を空けた。少し笑っているようにも見えた。

「天下人になるつもりか、藤吉郎」

藤吉郎は答えなかった。長い沈黙が続いた。

「はっきり言ってくれ、儂には織田家を支えていく力はないと思うか」

「織田家はもうかつての田舎大名ではありません。お館様が目指していたのは天下統一。そしてそれはもう目の前です」

「そこに俺の居場所はないか」

藤吉郎は、ためらわず「はい」と答え、そして盃に口をつけた。

「ない、か」

どういうわけか、腹は立たなかった。藤吉郎にそう言われて、むしろ、気が楽になったくらいだ。ずっと背負っていた大きな荷物を、肩から下ろしたような気分だった。

「そんな気がしていたよ」

儂は盃を空けた。さっきまで飲んでいた酒が、なぜかやけに旨《うま》く思えた。不思議な気分だ。酒の旨さを感じたのは何年ぶりだろう。

「本音を言えば、儂は本能寺で信長様と共に討ち死にしたかった。だが、こうしてまだ生きている。生きている以上、儂は残りの人生を織田家に捧げる覚悟でいる。だから、それを拒む者に対しては、命を懸けて戦うつもりだ」

そう言って儂は藤吉郎を睨みつけてやった。さあて奴はどう出るか。挑戦的に睨み返してくるか。ひたすら頭を下げ、媚びへつらうか。それとも無視か。ところが藤吉郎は――笑いやがった。

「いずれ親父殿とは、戦場で会うことになりそうですね」

だから儂も笑ってやった。

「それが遠い未来であることを、共に祈ろうではないか」

そして儂らは朝まで飲んだ。昔話に花が咲いた。良い酒だった。儂も、そして恐らく藤吉郎も分かっていた。二人で酒を酌み交わすのは、これが最後になるということを。

二十九　同年同月同日　同時刻

眠れない夜を過ごす丹羽長秀（現代語訳）

すべては終わった。だが私の心は晴れない。筑前は「清須会議」という戦に勝った。そして勝たせたのは私である。これからは織田家は筑前が中心となって動いていく。それがベストだと私は信じた。すべては織田家のためなのだ。そしてこの後、筑前は私を優遇するであろう。丹羽家の将来も保証されたのだ。何一つ問題はない。

しかしこの釈然としない思いは何なのか。私は、何かとんでもない間違いを犯したのではないか。いや、先のことを悩んでも仕方がない。今は、筑前を信じるしかない。それは分かっている。分かっているが、しかしこの胸騒ぎは、一体。

五日目

一　前田玄以による報告（現代語訳）

清須会議終了後に起こった、いくつかの出来事をお伝えしておきます。

昨日の夜。羽柴様が、柴田様の放った刺客に襲われそうになった事件がございました。羽柴様は、あろうことか柴田様のところへ逃げ込み、事なきを得ました。今朝の城内は、どこもかしこも、この噂で持ちきり。情報が漏れるのが異様に速いのは、もちろん黒田官兵衛様が故意に流したからです。

これによって、柴田様のご評判はますます悪くなりました。結果的に羽柴様を匿うことになった柴田様でしたが、それも柴田様の男気というよりは、羽柴様の勇気と機転を賞賛するエピソードとして、人々は受け取ったようです。これも、黒田官兵衛様がうまく情報操作をなさった結果でございましょう。

今朝は、大広間に織田家の主な面々と宿老たちが再び集合しました。丹羽長秀様の発案でございました。織田家の将来を気にかける丹羽様は、羽柴秀吉様と柴田勝家様御両名に、お館様の甲冑の前で改めて織田家に忠誠を誓うようにと、おっしゃいました。確かにこのお二人が、今後も織田家の発展のために力を尽くすと約束してくれれば、これほど心強いものはありません。

　まず最初に甲冑の前に進み出たのは、羽柴様でした。

「今後は、三法師様を守り立て、お館様が果たせなかった悲願の天下統一を目指すことをお約束します」

　心のこもったスピーチに、その場にいた人々は、皆、感動されたご様子でした。次に柴田様が進み出られました。柴田様は、目の前の甲冑をお館様その人に見立て、直接話しかけられました。もともと羽柴様のように、立て板に水といったお話の仕方が苦手なお方。ゆっくりと、むしろたどたどしいほどに、一つ一つの言葉を選びながらお話しされる柴田様でございました。お館様がうつけと呼ばれていた頃から振り返り、お家騒動で弟君に味方したものの、後に許されたこと、桶狭間に始まる、様々な合戦、そしてあの華々しき京の馬揃え。お話しになりながら、感極まったのでしょうか、柴田様は膝を突き、涙を流されました。自分が今あるのはお館様のお蔭だと、声を詰まらせながらおっしゃいました。柴田様のように大きなお身体のお方が、人目をはばかることなく泣きじゃくるお姿は、それだけで、見る者の心を打ちます。すすり泣くお方も大勢いらっしゃいました。そして柴田様は最後に、

「お館様の思いを受け継ぎ、織田家をしっかりと守っていきます」

と、約束されました。

「さすが猛将柴田勝家。よくぞ申された。あっぱれなり」

と叫ばれたのは池田恒興様でございます。柴田様は、誰よりもお館様を愛し、そして織田家のことを思っていると、そこにいる誰もが再確認した瞬間でございました。

二　天正十年六月二十八日　朝

清須城、廊下において
激しく落胆する前田利家（現代語訳）

「良いお話でした」

大広間から部屋に戻られた親父殿に、私は今のスピーチの感想を伝えた。

「親父殿の織田家に対する、並々ならぬ思いが伝わって参りました」

「そうか、感動したか」

親父殿は笑いながら腰を下ろした。さっきまで号泣されていたのが嘘のようである。

「儂もなかなかのもんだな」

最初はなんのことか理解出来なかった。しかし、異様に満足げな親父殿を見て、ようやくその言葉の意味が分かった。

「お芝居だったのですか」

「もちろん芝居だが、気持ちに嘘はないよ」

「あの涙は、まやかしだったのですか」

「このところ儂の株は下がりっぱなしだろ。この辺でいいところを見せておかねばと思って、頑張って泣いてみたんだ。恥ずかしかったが、やった甲斐はあった。皆、もらい泣きしておったわ」

そして親父殿は嬉しそうに、涙で濡れた口髭をぬぐった。

「腹芸は藤吉郎だけではないのだ。儂だって、いざとなれば、どんな猿芝居だってやってみせるわ」

私は、無性に哀しかった。

三　同年同月同日　同時刻
清須城、離れ奥座敷における
織田三十郎信包の複雑な思い（現代語訳）

祭りは終わった。

会議のために集まった家臣たちが、みな、それぞれの国許へ帰って行く。藤吉郎は長浜へ、権六は北ノ庄へ、五郎左は佐和山へ。そしてこの清須は、また以前の静けさを取り戻すのだ。私とお市と、その娘たちの、安穏な日々が再び始まる。もっとも遺領配分で、清須は信雄のものとなり、私は伊勢を拝領した。いずれはそちらへ移ることになるのだろう。まあ、急ぐこともない。それまで織田が保《も》っているかどうかも分からないのだから。

離れに作った茶室に、出立の準備を整えた藤吉郎がやって来た。城を出る前に顔を出すようにと、伝えておいたのだ。

「これより長浜へ戻ります。次にお会い出来る日を楽しみにしております」

藤吉郎の別れの言葉は、判で押したようなつまらないものだった。この男の癖なのだろう。

「藤吉郎、お前は、どうでもいいと思っている時は、どうでもいいことしか言わぬな。だから心に届かない。今朝の大広間での誓いの言葉、しかりだ」

「これはこれは」

藤吉郎は余裕の笑みを見せた。

「最後の最後に、手痛いお言葉を頂きました」

「お前は、兄の甲冑の前で、偽りを申した。三法師を守り立てていく気などまるでないくせに。お前が欲しいのは天下だ」

「何をおっしゃいます。それは三十郎様の誤解でございます」

「では、なぜ山城国を欲した。兄信長は、天下を取るため、清須から小牧、岐阜、安土と城を移し、徐々に京に近づいていった。お前もそれに倣うつもりなのだ。違うか」

藤吉郎は黙ったままだった。

「はっきり言ってしまえ。お前はいずれ、織田家を滅ぼすつもりでいる。信孝を滅ぼし、信雄を滅ぼし、三法師を滅ぼし、私を滅ぼす」

藤吉郎はそれには答えず、ゆっくりと立ち上がった。

「それでは御免」

「遠慮することはない。滅ぼしちまいな。兄が本能寺で死んだ時に、織田家の命運は尽きたんだ。後はお前に任せるよ」

藤吉郎は振り返って私を見た。

「それが言いたくて、お前を呼んだ」

「しかと承りました」

それでいいのだ。兄も恐らく、それを望んでいるだろう。

四　同年同月同日　その一時間後

清須城、居室における
お市の方の最後の一手（現代語訳）

目の前に藤吉郎が座っている。今や織田家の中心人物。さぞ鼻が高いことでしょうね。それにしても、昔から華奢《きゃしゃ》な男だったけど、最近ますます貧相になってきた。特に私の前では、いつもガチガチに緊張しているから、まるで木彫りの猿みたい。

「藤吉郎、これからも織田家のこと、よろしくお願いいたします」

「かしこまりました」

つまらないやりとりが続く。でもね、藤吉郎、上っ面な会話はここまで。会議を思う通りに動かせて、いい気になっているかもしれないけど、これから私があなたに致命傷を与えて差し上げます。

「あなたに報告しておくことがあります」

「なんでございましょう」

「私は、柴田権六勝家と近々祝言を挙げます」

案の定、藤吉郎の顔から血の気が引くのが分かった。そりゃそうでしょう。あなたが私にぞっこんなのは百も承知。うまくすれば、近い将来、ものにしてやろうなんて、考えていたんじゃないの。そうそう何もかもがうまくいくわけないでしょう。少しは思い知るがいい。

さらに駄目押しの一撃。

「ついては、藤吉郎にお願いがあるの。権六は、信長の妹を嫁に貰うことに、どうしても抵抗があるみたいなの。世間の目を気にしているのね。だから、この縁談、あなたが思いついたことにして欲しいのよ。実質、これから織田家を動かすのはあなたでしょう、藤吉郎。あなたに頼まれたら、そりゃ権六も断れないわ」

「しかし、なぜ私がそんなことを親父殿に頼まねばならぬのです」

「そんなのは自分で考えなさい。織田家のためとか、権六と仲直りするためとか、なんだっであるでしょ。いいわね藤吉郎」

　これはかなり効いたみたい。藤吉郎は怒りと屈辱で震えていた。いい気味だわ。もっと苦しむがいい。これから毎夜、権六に抱かれる私を夢想して、悋気《りんき》の炎の中で朝まで悶《もだ》えなさい。

「そこまでして私を苦しめたいのですか」

　虫の息の藤吉郎が、絞り出すように言った。まるで断末魔の悲鳴。

「もちろん、そうよ。私は生涯あなたを許さない。私の夫を滅ぼしたあなたを許さない。息子を殺したあなたを許さない。だから私は、だから私は、あなたがこの世でもっとも嫌がる嫁ぎ先へ、あえて嫁ぐのです」

　それが私の最後通告。もうこの男とはしばらく会うこともないでしょう。ひょっとしたら、これが最後になるかもしれない。私は、自分の仇敵を目に刻み付けておこうと、じっと藤吉郎を見つめたわ。藤吉郎は黙ってうつむいていた。そして顔を上げると、私を見て、にっこりと微笑んだ。

「そこまで嫌われれば、秀吉も本望でございます」

五　同年同月同日　その一時間後

西覚寺・本堂において
秀吉を慰める黒田官兵衛（現代語訳）

だからお市様のところへは行くなと申し上げたではないですか。

あの女のことは忘れるのです。あれは魔物でございます。柴田様のところへ嫁ぐとなれば、むしろ好都合ではないですか。私の読みでは、あと一年以内で柴田様とは大きな戦になります。今はそれに向けての地固めの期間。そんな時にお市様を妻《めと》るとは、柴田様も運の尽き。せいぜい骨抜きにされるがよろしかろう。その間に、我らは着々と戦に向けて準備をいたしましょう。

泣いておられるのか、殿は。よろしい、泣きなさい。はい、悔しかった。腹も立った。そんな時は、泣いて泣いて、泣き尽くすのです。しかし心配はいりません。思い通りにならぬことは、一つくらいあった方がいいのです。その悔しさを他にぶつければ、あとはすべて思い通りになります。これはまさに吉兆です。これで殿は、天下人へまた一歩近づきました。

だから安心して泣きなさい。涙も鼻水も、心ゆくまで垂らしなさい。拭かんでよろしい。後の始末は私がします。

六　同年同月同日　同時刻

清須城、居室における松姫の思い（現代語訳）

寧殿が別れの挨拶に来てくれた。これでまたしばらく会えなくなると思うと、少し寂しい。寧殿は、帰る前にもう一度、川辺に遊びに行きませんかと、私と三法師を誘ってくれた。でも私はそれを断った。三法師が少し熱っぽいので、やめておきますと言った。昨日の疲れが出たのでしょう、と。

しかしそれは嘘。私は川が大嫌い。戦で亡くなった人たちが、川上から流れてくるのを、子供の頃から何度も見ている。私にとって、川は不吉の象徴。

イノシシ狩りの日、川辺に行ったのは、理由があったから。あそこにいれば、狩りを終えた秀吉がきっと通りかかると思ったから。私はどうしても三法師を秀吉に会わせたかった。

それもあのタイミングで。そして秀吉はやって来て、三法師を見て、そして決めたわ、あの子を織田家の後継者にすることを。すべては私の計算通り。

私の父は武田信玄。かつて父は私に言った。くれぐれも武田の血を絶やしてはならぬと。そうすれば、武田の血を引く者が、いつか必ず天下を治める時が来ると。父亡き後、兄が継いだ武田家は、織田信長に滅ぼされた。そして今、その武田の血を引く三法師が、織田家の当主となった。

私の願いはただ一つ。あのお方の血を絶やさぬこと。父信玄公の血を。

父上、松は約束を果たしました。あなたの孫が次の天下人。

七　秀吉の妻、寧の日記。
六月二十八日分抜粋（現代語訳）

部屋で帰り支度をしていると、藤吉郎が飛び込んできた。

「寧、オレに付いてこい。急げ」

「今、片付けを」

「そんなものは後に回せ、早く」

藤吉郎は私の手を引いて、表に連れて行った。

寺の境内の先は、見渡す限りの田んぼである。六月の青空が広がっている。その下にまっすぐ続くあぜ道を、国許へ帰る親父様の一行が進んでいた。馬上の親父様は鎧に身を固め、家来たちも戦支度を整えて、まるでこれから討って出るような出で立ちだ。

「親父殿っ」と藤吉郎が叫んだ。親父様が振り返った。

「どうか、お待ち下さいっ」

藤吉郎が駆け出すので、私も慌てて後を追った。

親父様が馬を止めると、前田様がすかさず行列に「待った」を掛けた。藤吉郎は親父様の前まで走ると、いきなりあぜ道から脇の田んぼに飛び込み、そこで正座をした。

「寧もこっちへ来い」

夫に何か指示された時は、理由を聞かずにとにかく従うというのが、私たち夫婦の決まり事になっている。私はためらわずに、藤吉郎の隣に座った。二人とも腰から下は当然泥だらけだ。

「何のつもりだ」

親父様は呆れた様子で、馬の上から私たちを見ている。

「数々のご無礼、申し訳ありませんでした。すべては織田家を思う気持ちから出たこと。どうかお許し下さい」

「急にどうしたのだ」

「今朝の親父殿のお言葉に胸打たれたのです。やはり織田家は柴田勝家あってのもの。これからもどうか、筆頭家老として我らをご指導下さい。さあ、寧、お前も頭を下げろ」

「よろしくお願いします」

藤吉郎が、額が泥に埋まるほどに頭を下げるので、私もそれに従った。

顔を上げると、親父様が黙ってこっちを眺めている。馬から降りる様子はない。厳しい表情で藤吉郎を見つめている。藤吉郎は目が合って照れくさいのか、泥のついた手で鼻をこすった。顔が泥で汚れた。迷わず私も同じことをした。私たちは夫婦で鼻の下が黒い顔になった。

親父様の顔に笑みが浮かんだ。泥だらけの私たちを見て、心がほぐれたのだろうか。藤吉郎も嬉しそうに微笑んだ。そういえば、昔はいつもこんな感じだった。まだ藤吉郎がお館様に仕えて間もない頃。百姓上がりの雑兵《ぞうひょう》だった頃。私を見初《みそ》めて、恋文を送り続けていた頃。藤吉郎はいつも泥だらけで、地べたを駆け回り、親父様はいつも馬の上からそれを見ていた。二度と戻らないあの頃。親父様もそれを思い出されたのだろうか。

優しさに満ちた眼差しで藤吉郎を見ていた親父様だったが、その顔は、すぐに厳しさを取

り戻した。そして、

「大義である」

　と一言告げると、親父様は馬の腹を蹴った。親父様とその一行は、私たちを残してあぜ道を進み始めた。親父様の後ろを馬にまたがった犬千代様が行く。

「藤吉郎、また会おう」

「犬千代、親父殿の祝言はいつ頃になる」

「まだ何も決まっておらん。すべてはこれからだ」

「決まったら知らせてくれ」

「知らせても、お前が来るとは思えん」

「確かにそうだ。知らせんでいい」

「達者で暮らせ」

　私たちは、親父様の一行が去っていくのを、そのままの姿勢でじっと見送った。やがて藤吉郎は田んぼからあぜ道に戻った。私も後に続いた。

「さて、オレたちも長浜へ帰るとするか。向こうで官兵衛が待っている」

　藤吉郎は足についた泥を手で払った。

「これでしばらくは、親父殿も国許でおとなしくしているだろう」

「先ほどの言葉は本心ではないのですか」

するとと藤吉郎は、あぜ道の向こうに米粒ほどになった親父様を眺めながら、「当たり前だろう」と言った。

「ああ言って親父様を安心させ、その間に、こちらは兵力を蓄えるんだ。オレはな、寧。天下を取るためには、どんな嘘だってつく」

そして藤吉郎は空に目をやり、大きく手を広げた。まるでそのすべてを掴み取るかのように。

「オレは約束するぞ。一年以内に親父殿を滅ぼし、織田家を乗っ取る。そして、その先は、天下だ」

［参考文献］

『川角太閤記』（勉誠社）志村有弘

『尾張・織田一族』（新人物往来社）谷口克広

『織田信長家臣人名辞典』（吉川弘文館）谷口克広

「歴史読本」（新人物往来社）二〇〇三年五月号　特集「信長と26人の子供たち」

「別冊歴史読本　特別増刊」（新人物往来社）「織田信長その激越なる生涯」

［時代考証］　山村竜也氏

解説

ペリー荻野

某年某月某日　二十一世紀の東京
女流時代劇研究家ペリー荻野の解説

『清須会議』を手にしたみなさん、こんにちは。時代劇研究家のペリー荻野です。時代小説の解説なのに、中途半端にカタカナ名前の私が唐突に出てきてすみません。でも、鎖国だった江戸時代ならいざ知らず、戦国時代には、結構カタカナの有名人がいますよね？　細川ガラシャとか。伊東マンショとか。いいな、マンショ。いい名前です。こっそり改名しようかしら。

よく聞かれるんですよ。ハーフですか？　いえ、違います。生まれも育ちもずっと愛知県。そうです。この作品の舞台になった清須がある県です。ちなみにこども時代を過ごした名古屋の大須という町には、御屋形様、織田信長様の父の菩提寺「萬松寺《ばんしょうじ》」があり、私たちのいい遊び場でした。

そんな環境も影響したのでしょうか。私は幼少のころより時代劇が大好きで、気がつけば日に時代劇作品を三本は鑑賞する「一日3ちょんまげ女子」になっていました。毎日毎日ちょんまげスターに夢中。おかげで、誰にでも一度あるという「モテキ」にも、気がつかなかったほど。我ながらもったいないことをしたものです。

そんなわけで、これまで数えきれないくらいの「戦国武将」を鑑賞してきた私ですが、その私もこの『清須会議』には、びっくり仰天しました。

驚きの第一は、戦国の人々のモノローグを「現代語訳」してしまったこと。やられた！　ですね。なにしろ、時代劇や時代小説というのは、いかに「当時のムードをクラシック言語で作り上げるか」に力を注ぐというのが常道。ところが、本作では、真逆の方法で、戦国ピープルの外見から性格から、腹の底まで描いて見せる。これは時代小説史上の「事件」といってもいいでしょう。

現代語ですから、まどろっこしい言い方はしません。たとえば、物語の中心人物である柴田勝家についても、羽柴秀吉にかかれば「なんと単純なおっさんなんだろう」であり、池田恒興から見れば、「まったくおかしな爺さんだ」となる。お市の方ともなると、もっと強烈で、「それにしても、権六も老けたわね。ご自慢のお髭にもすっかり白いものがまじっていたわ。（中略）そして、ごめんなさい。臭いもそのままだった。体臭がきつい男の人って、歳取ってもずっと臭いのね。それどころか、加齢臭もプラスされて、なんだか凄いことになっていた。三メートルは離れていたのに、ツーンとしたもの」

凄いなこのモノローグ。三メートル離れてもツーンて。いや、そこじゃなく。みなさん、これまで戦国武将の「臭い」について、言及した作品て、読んだことあります？

私しゃ、ここで膝を打ったね。

というのも、私はここ数年、「ちょんまげ愛好女子部」という部活をしていて、時代劇好き女子と居酒屋に集合しては「抱かれたい時代劇ヒーローベスト3」とか、勝手に選定しているわけです。でも、そのとき、最古参の部員が、まぐろとアボカドのサラダなんかつっつきながら、しきりに言うんですよ。「どんなにカッコいいヒーローでも、昔の人は風呂に入ってなさそうだから嫌だ。特に戦国武将とか渡世人は臭そう！」そりゃ、そうでしょうよ。

武将は戦の間、のんきに風呂に入ることはできないし、野宿上等！　の裏街道人生の渡世人も同様です。

読者は、勝家のワイルドな臭いを知ることで、こんなにも敬遠している男に嫁ぐ決意をするお市という女の業の深さ、秀吉に対する恨みのすさまじさを知る。そして、何も知らずにお市様のふるまいのひとつひとつにうっとりしている勝家という男の純情を感じます。

それにしても、お市の証言によれば、織田信長は「いつもほのかに菖蒲の香りがしていた」んですね。これは臭い嫌いの部員にも教えなくては。ちなみにその部員の「理想の時代劇ヒーロー」は、「聖徳太子」らしい。聖徳太子は毎日風呂に入ってたんでしょうかね？

某年某月某日、の翌日　二十一世紀の東京
女流時代劇研究家ペリー荻野の告白

いやー、みなさん。すみません。昨日はすっかり興奮して、ぺらぺらぺら。うっかりしたことを口走ったんじゃないかと心配です。

でも、考えてみたんですよ。もう、こうなったら、なんでもぶっちゃけちゃえばいいんじ

ゃないか？　たとえば、「私が目撃した三谷幸喜」なんて話とかね。

私が、三谷さんとじっくりお話しする機会を得たのは、「大河ドラマについて語る」対談の席だったと思います。その日は雨でした。なんで覚えているかというと、私は自他ともに認める「晴れ女」なのです。京都駅に着いたときは土砂降りだったのに、私が太秦のロケ地についた瞬間、晴れ間が広がり、ラスタチ（時代劇のクライマックスの大立ち回り）の撮影に間に合ったということも実際にあったのです。しかし、三谷さんとの対談当日はしっかり雨。こりゃ、何かあるかも……と正直ドキドキでした。

時間ぴったりに到着した三谷さんは、椅子の後ろに静かに傘を置きました。そして、振り返りざま、真顔で「ペリーさんは、どのあたりの大河ドラマが好きなんですか？」と、質問してきました。

あれっ⁉　私が聞いた情報では、三谷さんは「超」がつく人見知りだったはず。この対談を仕組んでくれた出版社の人からも「特に初対面の人とはなかなか話しにくいご性格だから、ペリーちゃん、いつもの調子でぺらぺらとお願いしますよ、頼みましたからね‼」と言われていたのに。フタを開けた途端、なんなのこの先制パンチ。おかげでひるんじゃったじゃないの。どうしてくれるの。やっぱり雨だから、調子が出ないわ。

でも、負けちゃだめ。頑張るのよ、ペリー！

いったい私は何に勝負を挑むつもりだったのでしょうか。

とにかく、話は始まりました。次々と繰り広げられる三谷さんの大河ドラマ愛。中でも驚いたのは、小学生時代、「無意識のうちに登場人物になりきって、家の中を動き回っていた」という話です。

一日3ちょんまげ女子を自負する私も、そこまで物語に入り込んだ経験はありません。おそるべし、三谷幸喜。

でも、私は思い出したのです。

三谷さんは、脚本家であり、かつ、〝俳優〟でもあるってことを。小学生時代から自然に演技をしていたのだとしたら。やっぱり、おそるべし、三谷幸喜。

この対談から数年後、「俳優三谷幸喜」は、驚くべき姿で視聴者の前に現れました。戦国を舞台にしたスペシャルドラマ「女信長」の「桶狭間の戦い」の場面。全身黒ずくめの甲冑に身を包んだ織田信長の前でおろおろする今川義元は、「命ばかりは」と懇願しながら、結局はズドンと火縄銃で撃たれちゃう。その義元が、三谷さんでした。

公家風メイクにきんきら衣装、「ほほほ」と笑いながら、戦場でのんきに宴会をしていたという義元は、しばしば戦国のおまぬけキャラのように描かれますが、三谷さんにとっては、一番のお気に入りの武将だとか。なんでまた？　でも、こうして『清須会議』を読むと、三谷さんは野心むき出しの勝ち組よりも、油断したり、純粋すぎたり、うっかり負けちゃう人間に興味があるんですね。義元も勝家も、まさか負けるとは思ってなかったんですから。目の付け所が、やっぱり独特。

目の付け所という意味では、そもそも「清須会議」という小説の舞台も独特です。戦国時代は、山で谷で海上で、アウトドアに目を向ければ、派手な戦があちこちで続いているというのに、あえて甲冑なし刀なしのインドア志向。しかし、会議の中で、圧倒的に有利だと思われていた柴田・信孝路線が、羽柴秀吉によってドラマチックに突き崩されていく。思えば、日本史上初めて戦ではなく会議で後継が決められたといわれる「清須会議」は、戦国史上、もっとも演劇的な場面といえるのかもしれません。作家の目は、その瞬間を見逃さなかった。

ところで、この会議の後、登場人物がどうなったか。気になる方も多いのではないでしょうか。時代劇が大好きなわりに、正しい日本史知識はさっぱりという私も、やっぱり気になります。少し調べてみました。

イケメン若様の信孝は、三法師様の後見人だったのに、柴田派ってことで秀吉に攻められ、苦労のあげく、賤ヶ岳の戦いで柴田勝家が破れた後、自害することになりました。享年二十六歳。

また、「清須会議」で運命の子となった三法師は、のちに織田秀信となり、豊臣政権でも岐阜城主になるなど、大事にされたらしい。そりゃ、大事にしてもらわなきゃ。しかし、関ヶ原の戦いでは、西軍に加わり、降伏。徳川勢によって、高野山に送られることになったものの、祖父信長が高野山を攻撃した経緯があり、追放されたという。以後、歴史の表舞台には出てきません。織田宗家を背負ったこの人もまた、戦国の嵐に人生を翻弄されたんですね。

一方、あの信雄の子孫は、しっかり存続しています。この作品では、すっかりバカ呼ばわりされている信雄ですが、子孫はしっかり者だった。明治期には子爵になった人も出たとか。よかったよかった。

この他にも、信長の十二人いたという息子の末裔は、徳川政権下でも、旗本や大名の重臣になったりして代を重ねています。

熱愛するお市様と結婚した勝家、不機嫌一辺倒のお市、天下取りに邁進する秀吉など、有名どころのその後の人生は、よく知られています。でも、その心の中にあったのは、どんな思いだったのか。この作品のラストシーンが物語っています。

読み終えた後、なぜか、ずっと劇場にいたような気がするのは、私だけでしょうか。読者のカーテンコールに応え、舞台の上にずらりと並ぶ登場人物の姿が目に見えるようです。派手な信長、華麗なお市、むさくるしい勝家に、ちっちゃな秀吉……たとえ手をつなぎ、観客に愛想よく挨拶をしても、みんな腹の中では互いを嫌って、ぶすっとしている。いいなあ、この役者な感じ！

改めて、全員に思いっきり拍手を贈ろうではありませんか。

――コラムニスト

この作品は二〇一二年六月小社より刊行されたものです。

幻冬舎文庫

●好評既刊
オンリー・ミー　私だけを
三谷幸喜

爆笑、嘲笑、苦笑、朗笑。どこから読んでも笑いが飛び出す、人気脚本家のコメディーな日常。文庫化でさらにサービス加筆、お笑い作りの秘訣まで教えます。一頁で一回は笑えます！

●好評既刊
俺はその夜多くのことを学んだ
三谷幸喜・文　唐仁原教久・絵

盛り上がった初デート。家に戻った俺は、もう一度彼女と話をしたくなる。煩悶した末にかけた一本の電話が、不幸な夜の幕開きだった……。可笑しくも、しみじみ染み入る、人気脚本家の名短篇。

●好評既刊
むかつく二人
三谷幸喜
清水ミチコ

気が合うのか合わないのか、仲が良いのか悪いのか、よくわからない二人の会話が一冊の本に。映画や舞台、テレビの話題からカラオケ、グルメに内輪話まで、縦横無尽の会話術に爆笑必至。

●好評既刊
いらつく二人
三谷幸喜
清水ミチコ

息が合うのか合わぬのか、よくわからない二人のスリリングな会話は、文字にすると面白い！　映画や舞台、歴史などの話から、旅や占い、プライベートな話題まで、ますます笑いが止まらない。

●好評既刊
僕は自分が見たことしか信じない
文庫改訂版
内田篤人

名門・鹿島でJリーグを3連覇し、19歳から日本代表に定着。移籍したドイツでもレギュラーとして活躍。彼はなぜ結果を出せるのか。ポーカーフェイスに隠された、情熱と苦悩が今、明かされる。

幻冬舎文庫

●好評既刊
憑き歯　密七号の家
五味弘文

新設された郷土史資料館に赴任した笹川は、この街で度々凄惨な殺人が起きていることを知る。やがて事件に隠された「黒い歯」という、感染し続ける呪いの存在に辿り着き……。最恐長編小説！

●好評既刊
交響曲第一番
闇の中の小さな光
佐村河内　守

聴力を失い絶望の淵に沈む作曲家の前に現れた盲目の少女。少女の存在が彼を再び作曲に向かわせる。深い闇の中にいる者だけに見える小さな光を求めて――。全聾の天才作曲家の壮絶なる半生。

●好評既刊
許されざる者
司城志朗

一八八〇年、北海道。元幕府軍の〝ひと斬り十兵衛〟が暮らす未開の地に、旧友が訪れ女郎の敵討ちに誘う。亡き妻との誓いを思い苦しむも十兵衛は再び刀を抜く決意をする――。大迫力傑作長編。

●好評既刊
アウトサイダー
組織犯罪対策課　八神瑛子Ⅲ
深町秋生

夫の死の真相に迫る警視庁上野署の八神。権威と暴力で闇社会を支配する新宿署の刑事の存在を突き止めた……。美しくも危険すぎる女刑事が疾走する警察小説シリーズ、壮絶なクライマックス。

●好評既刊
島の先生
モトイキシゲキ
荒井修子・原作

奄美の小さな島・美宝島には、都会で傷ついた子供たちが留学にやってくる。島で教師をする千尋は、生徒たちを次々と立ち直らせ、絶大な信頼を得ていた。しかし彼女には、ある秘密があった。

清《きよ》須《す》会議《かいぎ》

三谷《みたに》幸喜《こうき》

平成25年7月25日　初版発行
平成25年8月15日　3版発行

発行人——石原正康
編集人——永島賞二
発行所——株式会社幻冬舎
〒151-0051東京都渋谷区千駄ヶ谷4-9-7
電話　03(5411)6222(営業)
　　　03(5411)6211(編集)
振替00120-8-767643

印刷・製本—中央精版印刷株式会社
装丁者——高橋雅之

幻冬舎文庫

ISBN978-4-344-42055-7　C0193　み-1-5